KB089159

체호프 단편선

MINI BOOK
CLOUD
LIBRARY
33

체호프 단편선

The Selected Stories of
Anton Pavlovich Chekhov

안톤 파블로비치 체호프 지음
이재호 옮김

생각뿔

차례

귀여운 여인

퇴직 관리인 플레먀니코프의 딸 올렌카는 자기 집 현관 계단에 앉아 깊은 생각에 잠겨 있었다. 무더운 날씨에 파리까지 귀찮게 달라붙었지만, 그녀는 곧 선선한 저녁이 될 것이라는 생각에 마음만은 즐거웠다. 동쪽으로부터 검은 비구름이 몰려오고, 이따금 습기가 가득한 찬 바람이 불어왔다. 그 집 건넌방에 세 들어 사는 티볼리 야외극장의 지배인 쿠킨은 마당 한가운데 서서 하늘을 바라보고 있었다.

"또!"

그는 울상을 지으며 말했다.

"또 비가 오겠네! 제길, 매일 비만 내리다니. 꼭 일부러 그러는 것처럼 말이야. 에잇, 차라리 죽어 버리는 게 낫겠어! 이러다간 정말로 파산하고 말겠어. 매일 손해가 이만저만해야지!"

쿠킨은 손뼉을 딱 하고 치더니, 올렌카에게 불평을 쏟아 냈다.

"이것 봐요! 올리가 세묘노브나, 이런 게 바로 우리네 생활입니다. 울어도 시원치 않을 지경이지요! 매일 죽도록 고생해서 일하고, 밤엔 밤대로 내일은 어찌해야 할지 궁리하느라 노심초사 잠도 못 자고 말이에요. 그래 봤자 무슨 소용이나 있는 줄 아세요? 일단 관중은 야만인이나 다름없지요. 무식하고 촌스러워서 일류 가수들을 총동원해서 최고의 오페레타(작은 오페라. 음악적·내용적으로 오페라보다 가벼움)와 무언극을 보여 주어도 쳐다보지도 않지요! 그 누구도 그걸 이해할 생각을 하지 않는다고요. 그 관중이라는 사람들이 진짜로 보고 싶어 하는 건 바로 광대랍니다. 아주 저속한 것만을 원하지요. 게다가 날씨까지 이 모양으로 거의 매일 저녁 비만 내리잖아요! 5월 10일부터 시작해서 6월 내내 이런 꼴이라니……. 도대체 나보고 어떡하라는 겁니까! 관객이 얼씬하지 않아도 자릿세는 꼭꼭 물어야 하니 말이에요. 게다가 배우들에게 출연료도 주어야 하는데……."

다음 날 저녁에도 검은 구름이 몰려왔다. 그러자 쿠킨은 미친 듯이 웃어 대며 말했다.

"좋아, 그래! 퍼부을 테면 퍼부어 보라지! 극장이 모조리

물에 잠기고, 내가 물 위에 동동 떠다니도록 퍼부어 보라고! 난 이승에서나 저승에서나 완전히 재수 없는 인간이니까! 배우들이 날 고소해도 좋아! 재판이 대수야? 시베리아도 좋고 감옥도 좋아. 웬만하면 교수대에 올려놓지 그래! 하하하!"

그다음 날에도 비가 내렸다. 올렌카는 아주 어두운 표정으로 말없이 쿠킨의 넋두리를 들어 주었다. 그때마다 그녀의 눈에는 눈물이 맺혔다. 결국 쿠킨의 불행은 올렌카의 마음을 완전히 사로잡았고, 그녀는 점점 그를 사랑하기 시작했다. 쿠킨은 키가 작고 깡마른 데다가 얼굴은 누런색이었다. 귀밑털을 말끔히 빗어 붙인 그는 목소리가 아주 가냘픈 테너였고, 말할 때마다 입술이 한쪽으로 삐뚤어졌으며, 얼굴에 항상 절망적인 느낌이 감도는 그런 사람이었다. 하지만 그는 그녀의 가슴속에 진지하고 깊은 애정을 불러일으켰다. 올렌카는 늘 누군가를 사랑하지 않은 적이 없었고, 그러지 않고서는 도저히 살아갈 수 없는 그런 여자였다.

그녀는 어릴 때는 아버지를 사랑했다. 물론 지금 그녀의 아버지는 병든 몸으로 어두운 방 안에서 안락의자에 의지한 채, 괴로운 숨을 몰아쉬고 있을 뿐이지만 말이다. 그녀는 1년에 한두 번 브랸스크에서 오는 작은어머니를 사랑했고, 여학교에 다닐 때는 프랑스어를 가르치는 선생님을 사랑했다.

올렌카는 아주 부드럽고 온화한 눈빛을 가진 매우 건강한 아가씨였다. 게다가 조용하고, 착하고, 인정 많은 아가씨이기도 했다. 그녀의 통통하고 발그레한 뺨, 부드럽고 흰 살결에 까만 점이 박힌 목덜미, 또 재미있는 이야기를 들을 때마다 떠오르는 선하고 상냥한 미소를 보게 되면, 모든 남자는 다 같이 빙그레 웃었다. 여자 손님들은 그녀와 이야기를 주고받다가도 '아이, 귀여운 아가씨네!' 하면서 그녀의 손을 덥석 붙잡을 수밖에 없었다.

올렌카의 집은 그녀가 태어나 지금까지 살아온 곳이었고, 현재는 상속을 통해 그녀의 명의가 되었다. 그 집은 마을 변두리에 있는 티볼리 야외극장에서 그리 멀지 않은 곳에 있었기 때문에 밤늦게까지 음악 소리와 폭죽 소리가 들려오곤 했다. 그 소리는 그녀에게, 쿠킨이 자신의 운명과 싸우며, 자신의 가장 큰 적인 무관심한 관중을 향해 공격하는 소리처럼 들렸다. 그럴 때마다 그녀의 심장은 로맨틱한 감격에 휩싸였다. 그렇게 그녀는 잠을 이루지 못하다가 새벽녘에 그가 집으로 돌아오는 소리가 나면, 침실 창문을 톡톡 두드리며 커튼 사이로 얼굴과 왼쪽 어깨만 내민 채 그에게 상냥한 미소를 지어 보였다.

결국 쿠킨은 올렌카에게 청혼했고, 두 사람은 결혼했다. 그는 무척이나 행복했다. 하지만 결혼식 날에도 온종일 비가 왔기 때문에 그의 얼굴에서 특유의 절망적인 표정은 사라지지 않았다.

결혼하고 난 뒤, 두 사람은 행복한 나날을 보냈다. 올렌카는 그의 사무실에서 입장권을 팔고, 극장 업무를 도와주었으며, 장부를 정리하거나 월급을 계산해 주기도 했다. 그녀의 발그레한 뺨과 달콤하고 귀여운 미소는 매표소의 작은 창문, 무대 뒤, 혹은 구내식당에서도 종종 볼 수 있었다. 그녀는 세상에서 가장 멋지고, 중요하며, 필요한 것은 극장이라고 생각했다. 그녀는 주변인들에게 극장이야말로 진정한 오락을 얻을 수 있는 곳이며, 그곳에서야말로 교양이 넘치는, 인간다운 인간이 될 수 있다고 말하며 다녔다.

"하지만 관중이 과연 그 뜻을 이해할까요? 관중이 원하는 건 광대예요! 어제 〈개작 파우스트〉를 상연했는데 자리가 텅비어 있더군요. 만약 우리가 저속한 연극을 상연했다면 틀림없이 객석이 가득 찼을 텐데! 내일은 〈지옥의 오르페우스〉를 상연하니까 꼭 구경하러 오세요."

올렌카는 극장과 배우에 대해 남편 쿠킨이 말하는 것을 그대로 따라서 되풀이했다. 그녀도 남편처럼 예술에 대한 관중의 무관심과 무지를 경멸했다. 그녀는 무대 연습에도 나와서 배우들의 대사와 연기를 고쳐 주곤 했다. 또 악사들의 행동을 감독하기도 했다. 게다가 지방 신문에 자신의 극장에 대해서 좋지 않은 평이 실리면, 눈물을 흘리며 편집국으로 가서 기사를 바로잡으라며 따지곤 했다.

모든 배우들은 올렌카를 사랑했다. 그래서 그녀를 '또 하나의 바네치카'라고 부르거나 '귀여운 여인'이라고 불렀다. 그녀도 그들을 불쌍히 여겨서, 약간의 가불도 허용해 주었다. 어쩌다가 그들이 약속을 지키지 않아도 혼자 눈물을 흘릴 뿐, 남편에게는 그 사실에 대해 한마디도 일러바치지 않았다.

쿠킨과 올렌카는 겨울에도 잘 지냈다. 그들은 겨울 동안 기간을 나누어, 소러시아 극단이나 마술사, 지방의 아마추어 연극 단체에 극장을 빌려주기도 했다. 올렌카는 점점 포동포동해졌고, 언제나 만족스러운 표정으로 지냈다. 하지만 쿠킨은 전보다 더 여위고 안색도 갈수록 누렇게 변했다. 그는 겨우내 경기가 좋았음에도 손해가 막심하다고 항상 불평하면서 지냈다. 그가 밤에 기침하면, 그녀는 딸기즙이나 보리수꽃 즙을 내어 먹였다. 또 오드콜로뉴로 마사지를 해 주거나, 자신의 부드러운 숄로 그의 몸을 따뜻하게 감싸 주곤 했다.

"난 당신이 얼마나 좋은지 몰라요! 당신은 정말이지 참으로 좋은 사람이에요."

올렌카는 쿠킨의 머리카락을 쓰다듬으며 진심을 담아서 이렇게 말했다.

쿠킨은 사순절 기간에 새로운 극단을 모집하려고 모스크바로 떠났다. 올렌카는 남편 없이 도저히 잠을 이룰 수가 없었다. 그래서 밤이 새도록 하늘의 별을 바라보면서 창가에 앉아 있곤 했다. 그럴 때마다 그녀는 자신을 마치 수탉이 없으면 불안해서 잠을 이루지 못하는 암탉과 같은 처지라고 생각했다.

쿠킨은 모스크바에 계속 머물러 있었다. 그는 부활절까지는 집으로 돌아갈 테니 여러 가지 극장 일을 부탁한다는 내용의 편지를 그녀에게 보냈다. 하지만 부활절을 1주일 앞둔 일요일 밤, 불길한 예감을 주는 노크 소리가 들려왔다. 마치 문밖에서 누가 커다란 나무통으로 쿵쿵 하면서 두들겨 대는 것만 같았다. 아직 잠이 덜 깬 하녀가 맨발로 달려갔다. 그녀는 물이 고인 진흙 뜰을 지나 대문을 열러 갔다.

"문 좀 열어 주세요! 전보예요!"

누군가가 밖에서 낮고 굵은 목소리로 말했다. 올렌카는 전에도 남편에게서 전보를 받은 일이 있었다. 하지만 이번만은 어쩐지 이상하게 오싹한 느낌이 들었다. 그녀는 떨리는 손으로 봉투를 뜯어 전보문을 읽었다. 거기에는 이렇게 적혀 있었다.

"이반 페트로비치 오늘 급사. 화요일 장례식. 연락 기다림."

전보문에는 '장례식'이라는 단어와 함께 도저히 이해할 수 없는 말이 적혀 있었고, 극단 매니저의 이름으로 서명이 되어 있었다.

"오, 여보!"

올렌카는 울음을 터뜨렸다.

"내 사랑하는 바네치카! 나는 어쩌자고 당신을 만났을까요? 나는 어쩌자고 당신을 좋아하게 되었을까요? 당신은 이 불쌍한 올렌카를, 불행하고 가련한 나를 도대체 누구의 손에 맡기겠다는 건가요?"

쿠킨은 화요일, 모스크바의 바가니코프 묘지에 묻혔다. 올렌카는 수요일에 집으로 돌아왔다. 그녀는 자기 방에 들어가 침대에 몸을 던지며 통곡했다. 그녀는 거리와 이웃집까지 들릴 만큼 매우 큰 소리로 울부짖었다.

"불쌍한 여인, 올리가 세묘노브나! 얼마나 상심이 클까!"

이웃 사람들은 가슴에 성호를 그으며 말했다.

그 일이 있고 난 뒤, 3개월이 지난 어느 날이었다. 상복을 입은 올렌카는 슬픔에 잠긴 표정으로 교회에서 돌아오고 있었다. 바로 그때, 그녀의 이웃인 바실리 안드레이치 푸스토발로프가 교회에서 돌아오는 길에 우연히 올렌카와 나란히 걷게 되었다. 그는 바바카예프라는 목재상의 창고 관리인으로 일하고 있었다. 그는 밀짚모자를 쓰고, 흰 조끼를 입었으며, 금장 시곗줄을 늘어뜨리고 있었다. 그런 모습을 보면 그는 상인이라기보다는 시골 지주 같았다.

"올렌카, 세상의 모든 일은 주님이 뜻하시는 대로 이루어지는 겁니다. 우리에게 가장 소중한 사람이 모두 다 죽는다고 해도, 그것 역시 주님의 뜻입니다. 그러니 슬픔을 거두고 묵묵히 주님의 뜻에 순종하며 지내야 하지 않을까요?"

푸스토발로프는 동정 어린 목소리로 조용히 말해 주었다.

그는 올렌카를 집 앞까지 바래다준 다음, 작별 인사를 하고서 돌아갔다. 그날 이후, 그녀의 귓전에는 온종일 그의 조용한 목소리가 떠나지 않았다. 눈을 감으면 그의 검은 턱수염이 눈앞에 어른거렸다. 그녀는 그를 무척 좋아하게 되었다. 그녀 역시 그에게 좋은 인상을 준 것 같았다. 얼마 지나지 않아, 올렌카와 잘 아는 사이가 아닌 어느 중년 부인이 차를 마시러 그녀에게 찾아왔다. 그녀는 자리에 앉자마자 푸스토발로프에 대한 이야기를 꺼내기 시작했다. 그녀는 그 사람은 무척 착하고 믿을 만한 사람이며, 여자들이 그와 결혼하려고 줄을 설 정도라고 말했다.

부인이 올렌카를 방문한 이후 사흘이 지났을 때, 푸스토발로프가 직접 그녀를 찾아왔다. 그는 10분 정도 머무르면서도 말을 거의 하지 않았다. 하지만 올렌카는 그에게 완전히 빠져버리고 말았다. 그녀는 밤새 잠을 이루지 못했고, 마치 열병에 걸린 것처럼 들떠 있었다. 다음 날 아침이 되자, 그녀는 결국 그 중년 부인을 부르기 위해 사람을 보냈다. 혼담이 오가게 되었고, 얼마 지나지 않아 결혼식이 치러졌다.

푸스토발로프와 올렌카는 행복하게 살았다. 보통 푸스토발로프는 점심때까지는 목재 창고에 있었다. 그 뒤 장사 때문에 그가 외출하면, 그때부터는 올렌카가 그를 대신해서 저녁 때까지 사무실에 앉아서 장부를 정리하거나 물건을 직접 팔기도 했다.

"요즘 목재는 해마다 2할 정도씩 값이 오르고 있어요."

그녀는 찾아오는 고객이나 주변 사람들에게 이렇게 말하기 시작했다.

"자, 보세요. 예전에는 이곳의 목재만으로도 충분했어요. 하지만 지금은 남편이 모길레프스카야 현까지 가서 사 와야 하잖아요? 운임이 무척이나 많이 든답니다."

올렌카는 어려움이 이만저만이 아니라는 표정을 지으며 두 손으로 자신의 두 뺨을 감쌌다. 그녀는 자신이 아주 오래 전부터 목재를 다루었던 것 같은 기분이 들었다. 이 세상에서 가장 소중하고 가장 필요한 것이 목재인 것 같은 생각이 들었다. 그녀는 대들보, 통나무, 판자, 창 재료, 기둥, 톱밥 같은 단어들이 친근하고 익숙하게 느껴졌다. 밤마다 그녀의 꿈에는 차곡차곡 쌓아 올린 널빤지와 합판, 그리고 어딘가로 목재를 운반하는 짐마차들의 긴 행렬이 보였다. 길이가 10m는 족히 되는 통나무들이 마치 전쟁터로 나가는 것처럼 1개 연대로 곧추서서 행군하는 것 같은 꿈도 꾸었다. 통나무, 대들보, 판자 같은 마른 나무가 서로 부딪쳐 나무 고유의 울림이 퍼져 가면서, 모든 것이 차곡차곡 쌓였다가 쓰러지고, 일어난 후 다시 쓰러지기를 반복하는 장면들이 꿈속에서 겹쳐 보였다.

올렌카는 그런 꿈을 꿀 때면 소리를 질렀다. 그때마다 푸스토발로프는 그녀에게 다정하게 속삭였다.

"올렌카, 왜 그래? 어서 성호를 그어요!"

남편이 무슨 생각을 하든, 그녀의 생각은 그의 생각과 같았다. 그가 방이 덥다고 생각하면, 그녀도 그렇게 생각했다. 그가 요즘 경기가 좋지 않다고 생각하면, 그녀도 그렇게 생각했다. 그녀의 남편은 아무런 취미가 없었고, 축제일에는 언제나 집에 있었다. 그래서 그녀도 쉬는 날에는 집 안에 콕 틀어박혀 있었다. 그녀는 그와 똑같이 행동했다.

"당신은 언제나 집과 사무실만 오가는군요. 가끔 연극을 보거나 서커스를 구경하는 것도 좋을 것 같은데."

친구들이 그녀에게 말했다.

"저나 남편이나 그런 것을 보러 갈 틈이 있어야지요."

올렌카는 차분하게 대답했다.

"우리는 일하는 사람들인걸요. 그런 쓸데없는 것에 신경을 쓸 틈이 전혀 없답니다. 도대체 연극이 왜 좋다는 건지 잘 모르겠네요."

올렌카는 토요일마다 푸스토발로프와 함께 저녁 예배에 나갔고, 일요일에도 오전 예배에 참석했다. 그들은 교회에서 돌아오는 길이면, 경건한 표정을 지은 채 다정하게 어깨를 나란히 하며 걸었다. 두 사람의 몸에서는 달콤한 향수 냄새가 났고, 그녀의 비단 드레스는 경쾌하게 바스락거리는 소리를 냈다. 그들은 집에 도착하면 버터 빵에 여러 가지 잼을 발라 먹은 뒤, 홍차를 마시고 만두를 먹었다. 매일 정오가 되면, 이 집에서는 수프나 양고기, 오리고기를 굽는 냄새가 대문 밖의 큰길까지 진동했다. 또 육식을 금하는 날에는 생선 굽는 냄새가 퍼졌다. 그래서 집 앞을 지나가는 사람들은 군침을 흘릴 수밖에 없었다. 사무실에서는 항상 사모바르(러시아에서 물을 끓일 때 사용하는 주전자)가 끓고 있었고, 손님들은 홍차와 도넛을 대접받았다. 두 사람은 1주일에 한 번은 꼭 함께 목욕탕에 갔으며, 발그레하게 상기된 얼굴로 나란히 집으로 돌아오곤 했다.

"덕분에 그럭저럭 잘 지내고 있어요. 모든 사람이 저와 남편처럼 행복하게 살 수 있게 해 달라고 항상 기도드린답니다."

올렌카는 지인들에게 종종 이렇게 말했다.

푸스토발로프가 모길레프스카야 현으로 목재를 사러 가면, 그녀는 무척 외로워하며 밤에 잠도 자지 않고 울어 대곤 했다. 그럴 때면, 한밤중에 종종 그녀의 집 건넌방에 세를 들어 살던 군 수의관인 스미르닌이 그녀를 찾아오곤 했다. 그는 그녀와 함께 여러 이야기를 나누고, 트럼프 놀이도 함께했다. 올렌카는 그 덕분에 외로운 마음을 달래고 잠시나마 위안을 받았다. 그녀는 특히 스미르닌의 가정사에 대해 관심을 보였다. 그는 결혼해서 아들을 하나 낳았지만, 아내의 행실이 좋지 않아서 헤어졌다. 이 때문에 그는 아내를 미워하면서도 아이의 양육비만은 매달 40루블씩 꼬박꼬박 송금한다는 것이었다. 이 말을 들은 올렌카는 긴 한숨을 내쉬면서 고개를 내저었다. 그녀는 그가 정말 불쌍하게 여겨졌다.

"걱정하지 마세요. 하느님께서 지켜 주실 거예요."

올렌카는 촛불을 들고 계단까지 스미르닌을 배웅하고 나서 작별 인사를 했다.

"저를 위해 와 주셔서 정말 고마웠어요. 하느님과 성모님이 당신을 축복해 주시길."

그녀는 남편을 흉내 내며 아주 정중하고 사려 깊은 말투로 말했다. 그러고 나서 수의관이 아래층 문 뒤로 자취를 감추기 전에 다시 한번 그의 이름을 부르며 이렇게 말했다.

"블라디미르 플라토니치 씨, 부인과 화해하시는 게 어떨까요? 아드님을 생각해서라도 부인을 용서하셔야 해요. 아드님도 곧 철이 들 텐데 말이에요."

푸스토발로프가 돌아온 뒤, 올렌카는 수의관의 불행한 가정생활에 대해 남편에게 조용히 이야기했다. 두 사람은 한숨을 쉬면서 고개를 가로저었다. 그들은 아버지를 그리워하고 있을 그 아이에 관해 이야기했다. 그러다가 두 내외는 묘한 사고(思考) 확장으로 함께 성상 앞에 나아가, 무릎을 꿇고 머리를 바닥에 조아린 채 이렇게 기도했다.

'하느님, 제발 저희도 자식을 하나 얻게 해 주십시오.'

이렇게 푸스토발로프 부부는 사랑과 완전한 화합 속에서 조용하고 평온하게 6년이라는 세월을 보냈다. 그러던 어느 해 겨울, 바실리 안드레이치는 사무실에서 뜨거운 차를 마신 뒤, 목재를 내주기 위해 모자를 쓰지 않고 밖에 나갔다가 감기에 걸려 앓아눕게 되었다. 유명한 의사들이 그를 치료하려고 했지만, 그는 병을 이겨 내지 못하고 4개월 뒤에 세상을 떠났다. 올렌카는 또다시 과부가 되었다.

"아, 여보! 저는 이제 누구에게 의지하며 살아야 하나요? 저처럼 불행한 여자가 또 있을까요? 당신 없이 어떻게 살라고! 여러분, 세상에 홀로 남은 저를 불쌍히 여겨 주세요."

장례식 후, 올렌카는 이렇게 말하며 울부짖었다.

그녀는 모자와 장갑은 절대 착용하지 않고, 검은 상복에 하얀 상장(喪章)만을 달고 다녔다. 그녀는 교회와 남편의 묘지 외에는 거의 외출도 하지 않았다. 그녀는 수녀처럼 집에만 틀어박혀 지냈다. 그렇게 6개월이 지나자, 올렌카는 처음으로 옷에서 상장을 떼고 집 창문의 덧문을 열기 시작했다. 그녀는 종종 하녀와 함께 아침 시장에 물건을 사러 갔다. 사람들은 그녀가 집에서 어떤 생활을 하고 무슨 일을 하는지에 대해서는 그저 짐작만 할 수밖에 없었다. 어떤 사람들은 그녀가 자신의 집 마당에서 수의관과 차를 마시거나, 수의관이 그녀에게 신문을 읽어 주는 모습을 보았다. 또 다른 사람들은 그녀가 우체국에서 낯익은 부인을 만났을 때 나누었던 대화를 통해 그녀에 대해 추측하곤 했다.

"우리 마을에서는 가축 검역이 제대로 이루어지지 않고 있어서 질병이 많이 퍼지는 거예요. 우유를 마시고 나서 질병에 걸리거나, 소와 말에게 질병이 옮기도 하지요. 사람의 건강이 중요하지만, 가축의 건강도 사람의 건강과 마찬가지로 철저히 주의를 기울여야 합니다."

그녀는 수의관의 생각을 그대로 되풀이해 말했다. 그의 의견은 모두 다 그녀의 의견이 되었다. 그녀는 누군가에 대한 사랑 없이는 살아갈 수 없었다. 그녀는 이제 자기 집 건넌방에서 새로운 행복을 발견한 것이다. 물론 다른 여자였다면 충분히 비난을 받았을 것이다. 하지만 올렌카의 경우는 아무도 나쁘게 생각하지 않았다. 사람들은 그것이 그녀에게 아주 당연한 삶의 방식인 것처럼 여겼다. 그녀와 수의관은 누구에게도 둘 사이에 생긴 변화에 관해 이야기하지 않았고, 그 사실을 숨기기 위해 부단히 노력했다. 하지만 올렌카는 자신의 비밀을 간직할 수 없었다. 그녀에게 그러한 일은 도저히 불가능했다. 방문객이나 같은 연대의 동료들이 수의관을 찾아오면, 그녀는 페스트와 결핵 같은 가축의 병과 마을 도살장에 대한 이야기를 쭉 늘어놓았다. 그녀는 이렇게 수의관을 곤란하게 만들었다. 그래서 수의관은 손님이 돌아가면 그녀에게 화를 냈다.

"당신이 잘 모르는 것을 말해서는 안 된다고 그렇게 말했잖소. 수의관끼리 이야기하고 있을 때는 끼어들지 말았으면 좋겠소. 자꾸 그러면 내 입장이 뭐가 되겠소."

그러자 올렌카는 매우 놀라서 당황스러운 표정을 지으며 그에게 물었다.

"볼로치카, 그럼 난 도대체 무슨 말을 하면 되지요?"

그녀는 눈물을 글썽거리며 그의 품에 파고들었다. 그러면서 그에게 제발 화내지 말라고 애원했다. 그러면 두 사람은 다시 행복해졌다.

하지만 이 행복도 그리 오래가지 못했다. 수의관은 그의 연대와 함께 떠나 버렸다. 연대는 아주 멀리 있는 시베리아로 옮겨야 했다. 그녀는 또다시 홀로 남겨졌다.

올렌카는 이번에야말로 완전히 외톨이가 되어 버렸다. 그녀의 아버지는 이미 아주 오래 전에 세상을 떠났고, 그가 앉았던 안락의자는 망가져서 먼지가 쌓인 채로 다락방에서 굴러다녔다. 그녀는 살이 많이 빠졌고, 체력도 예전 같지 않았다. 사람들은 거리에서 그녀를 만나더라도, 예전처럼 그녀를 쳐다보지도 않고 웃어 주지도 않았다. 그녀의 좋은 시절은 지나가 버린 것이었다. 그녀에게는 그저 추억과 새롭고 낯선 미지의 생활만 남게 되었다. 상상조차 하지 못했던 아주 낯선 생활이 시작된 것이다. 올렌카는 저녁이 되면 현관 계단에 나와 앉았다. 그러면 그 '티볼리'에서 음악 소리가 들리고 폭죽 소리가 울려 퍼졌다. 하지만 그것은 그녀의 마음속에 어떤 영감도 주지 않았다. 그녀는 공허한 눈으로 희망도 없이, 아무도 없는 자신의 빈 마당을 바라보았다. 그녀는 아무 생각도 하지 않고, 아무것도 바라지 않았다. 그저 죽지 못해 겨우 먹고 마시는 것 같았다.

올렌카에게 가장 불행한 점은 자신의 주관 없이 사는 것이었다. 그녀는 자기 주변에 있는 여러 사물을 보고, 주변에서 일어나는 모든 일에 대해서 잘 알고 있었다. 하지만 그녀는 그것들에 대해 자신의 의견을 가지고 있지 않았다. 그녀는 무슨 말을 해야 할지 도무지 알 수 없었다. 예를 들어 그녀는 병이 하나 놓여 있어도, 비가 내리고 있어도, 농부가 짐마차를 타고 가도 그 의미를 헤아리지 못했다. 그녀는 왜 거기에 병이 있는지, 비는 왜 내리는지, 왜 농부가 짐마차를 타고 가는지, 그리고 그런 것들에 어떤 의미가 담겨 있는지 하나도 이야기할 수 없었다. 올렌카는 쿠킨과 푸스토발로프, 수의관과 함께 살았을 때는 모든 것에 관해 이야기할 수 있었다. 게다가 모든 것에 관한 자신의 의견도 말할 수 있었다. 하지만 지금 그녀는 어떤 것을 보고 들어도, 그녀의 집 마당처럼 머릿속이 텅 비어 있었다.

마을은 사방으로 뻗어 나갔다. 집시 마을도 예전에 비해 큰 거리가 되었다. '티볼리' 야외극장과 목재 처리장이 있던 자리에도 집들이 들어섰고, 많은 거리가 생겨났다. 시간이 정말로 쏜살같이 지나가 버렸다! 올렌카의 집은 허물어졌고 지붕은 녹슬었다. 오래된 헛간은 기울고, 집 전체에는 잡초와 쐐기풀이 무성히 자랐다. 올렌카도 더 늙고 추레해졌다.

그녀는 여름에는 현관 계단에 앉아 있었고, 겨울에는 창가에 앉아서 쌓인 눈을 바라보았다. 봄바람이 불고 성당 종소리가 울려 퍼지면, 갑자기 지난날의 추억이 한꺼번에 되살아났다. 달콤한 감상이 가슴을 옥죄는 듯해서 하염없이 눈물이 흘렀다. 하지만 그것도 잠시뿐, 마음은 다시 공허해졌다. 그녀는 자신이 무엇 때문에 살고 있는지 생각할 수 없게 되어 버린 것이었다. 검은 고양이 브리스카가 응석을 부려 댔지만, 고양이의 응석도 올렌카의 마음을 움직이지는 못했다. 그녀에게 고양이의 응석이 무슨 의미가 있겠는가? 그녀에게는 그녀의 영혼과 이성, 존재 자체를 사로잡는 더 큰 무엇이 필요했다. 그녀에게는 사상과 인생의 지침을 주고, 그녀의 늙은 피를 다시 따뜻하게 데워 줄 그런 사랑이 필요했다.

올렌카는 자신에게 달라붙어 있는 고양이를 옷자락에서 떼어 내며 화를 냈다.

"저리로 가! 저리 가지 못해? 아, 귀찮아."

그렇게 하루가 가고, 1년이 지나가도 그녀는 기쁨을 찾을 수 없었다. 역시나 자신만의 의견도 없었다. 그녀는 살림도 가정부 마르파에게 모두 맡겨 버렸다.

7월의 어느 무더운 날 저녁이었다. 마을의 가축 떼가 흙먼지를 일으키며 집 앞을 지나간 뒤였다. 갑자기 누군가가 올렌카의 집 문을 두드렸다. 그녀는 직접 문을 열어 주러 나갔다가, 깜짝 놀라 그 자리에 굳어 버렸다. 문밖에 서 있는 사람은 머리가 희끗희끗하고 평복을 입긴 했지만, 수의관이었던 스미르닌, 바로 그였다.

그를 본 순간, 올렌카는 모든 기억이 되살아났다. 그래서 그녀는 아무 말도 하지 못하고 수의관의 가슴에 얼굴을 파묻고 울기만 했다. 그녀는 너무 기쁜 나머지, 이후 그와 언제 집 안에 들어갔는지, 어떻게 해서 탁자에 앉아 차를 마시게 되었는지 전혀 기억이 나지 않았다.

"아아, 내가 사랑하는 당신!"

그녀는 기쁨에 몸을 떨면서 말했다.

"블라디미르 플라토니치! 도대체 어디를 갔다가 이제야 온 거예요?"

"나는 이곳으로 이주하고 싶어서 왔소. 사실 나는 군대를 그만두고 나왔소. 이제 자유의 몸이라 이쪽에 일자리를 얻어서 정착할 생각이오. 아들 녀석도 어느새 자라서 중학교에 보내야 할 나이가 되었소. 사실…… 아내와도 화해했소."

"그럼 부인은 어디에 계시는 거예요?"

올렌카가 물었다.

"아들과 함께 여관에 있소. 그래서 이렇게 셋집을 찾고 있는 거요."

"어머, 그래요? 그럼 당장 우리 집으로 오세요. 이 정도면 충분하잖아요? 당신한테는 집세 같은 건 절대로 받지 않겠어요. 이리로 오세요. 난 건넌방에서 지내도 좋으니까요. 아아, 정말 잘됐어요."

올렌카는 이렇게 말한 후, 흥분해서 울음을 터뜨렸다.

이튿날, 올렌카는 바로 일꾼들을 불러서 지붕을 다시 칠하고, 벽도 새하얗게 칠했다. 그녀는 두 손을 허리에 댄 채 지붕 위를 왔다 갔다 하면서, 일꾼들에게 이런저런 잔소리를 해 댔다. 그녀의 얼굴에는 예전처럼 미소가 빛나기 시작했다. 그녀는 마치 오랜 잠에서 깨어난 것처럼 완전히 생기를 되찾아 활기찬 얼굴이 되었다.

수의관의 아내는 머리가 짧았고, 변덕스러워 보이는 얼굴에, 비쩍 마르고 못생긴 여자였다. 그녀는 사샤라는 아들과 함께 올렌카를 찾아왔다. 사샤는 열 살치고는 몸집이 작았고, 밝은 하늘색의 동그란 눈동자와 귀여운 보조개를 지닌 소년이었다. 사샤는 집 안에 들어서기가 무섭게 고양이를 마구 쫓아다녔다. 곧이어 집 안에서는 아이의 쾌활하고 즐거운 웃음소리가 들려오기 시작했다.

"아줌마, 이거 아줌마네 고양이에요?"

사샤가 올렌카에게 물었다.

"만일 새끼 고양이가 태어나면 저에게도 한 마리 주세요. 엄마가 쥐를 무척 싫어하시거든요."

올렌카는 그 아이와 이야기를 나누며 차를 따라 주기도 했다. 그러는 사이에 점차 그녀는 마치 그 아이가 자신의 아들이기라도 한 것 같은 마음이 들었다. 그녀는 갑자기 가슴이 따뜻해지면서 달콤한 긴장감이 생겨났다. 밤에 사샤가 식당에 앉아 공부하면, 그녀는 대견스럽다는 듯이 그 모습을 바라보며 속삭였다.

"아, 귀여운 아가! 아이고, 내 새끼! 어쩌면 이렇게 잘생겼고, 살결도 뽀얄까?"

"사방이 바다로 둘러싸인 육지의 일부를 섬이라 한다."

사샤가 낭독했다.

"육지의 일부를 섬이라 한다."

그녀가 사샤를 따라 했다.

그것은 올렌카가 오랜 침묵과 사상의 진공 상태를 거친 뒤에, 확신을 가지고 말한 최초의 의견이었다. 그녀는 다시 자신의 의견을 가지게 되었다. 저녁 식사 때는 사샤의 부모를 상대로 말했다. 그녀는 요즘에는 중학교 공부도 어려워졌느니, 그래도 실업 교육보다는 고전 교육이 낫다느니, 중학교만 나오면 길은 얼마든지 열려 있어서 의사가 되고 싶으면 의사가 되어도 좋고, 기사가 되고 싶으면 기사가 되어도 좋지 않느냐고 말했다.

사샤는 중학교에 다니기 시작했다. 그의 어머니는 하리코프의 동생 집에 간 뒤로 돌아오지 않았다. 아버지는 매일 어디론가 가축을 진찰하러 나가서 이틀이고 사흘이고 돌아오지 않을 때가 많았다. 올렌카는 사샤가 두 사람한테 버려진 귀찮은 존재가 되었으며, 그대로 놓아두면 굶어 죽을 수도 있다고 생각했다. 그래서 그녀는 사샤를 자신의 건넌방으로 데리고 와서 옆에 작은 방을 하나 꾸며 주었다.

사샤가 그녀의 건넌방에서 살게 된 지 6개월이 지났다. 아침이 되어 올렌카가 사샤의 방에 들어가 보면, 아이는 뺨 아

래에 손을 받친 채 잠들어 있었다. 그녀는 아이를 깨워야 한
다는 사실이 무척 안쓰러웠다.

"사센카! 이제 그만 일어나! 학교에 늦겠다."

그녀는 애처로운 듯 아이에게 말했다.

사샤는 일어나서 옷을 입고 기도를 드렸다. 그러고 나서
식탁에 앉아 차를 마셨다. 아이는 차를 석 잔 마시고, 커다란
도넛 두 개와 버터 바른 프랑스 빵 반 개를 먹어 치웠다. 하
지만 여전히 잠에 취해 있었기 때문에 기분이 썩 좋지는 않
았다.

"애야, 사센카! 아직 동화 외우는 숙제를 마치지 못했더구
나."

올렌카는 마치 먼 길을 나서는 자식을 배웅하는 것처럼 사
샤를 바라보면서 말했다.

"사센카가 왜 그럴까? 열심히 공부해야지. 선생님이 하시
는 말씀 잘 듣고."

"에이, 그런 말은 이제 그만하세요."

사샤는 커다란 모자를 쓰고, 어깨에 작은 가방을 멘 채 학
교로 걸어갔다. 올렌카는 그 뒤를 가만히 따라갔다.

"사센카!"

그녀가 불러서 사샤가 돌아보면, 그녀는 아이의 손에 대추
야자 열매와 캐러멜을 쥐여 주었다. 사샤는 학교로 이어진 길

모퉁이로 들어설 때, 키 크고 뚱뚱한 여자가 자신을 따라오는 것이 조금 창피했다. 그래서 사샤는 그녀를 돌아보며 말했다.

"아줌마, 어서 집으로 돌아가세요. 이제 나 혼자 갈 수 있어요."

그러면 그녀는 멈춰 서서, 아이가 학교 정문 안으로 사라질 때까지 눈도 깜박이지 않은 채 그대로 지켜보았다. 아! 그녀는 사샤를 얼마나 사랑하고 있는가! 지난날 그녀가 사랑했던 그 누구에게도 이처럼 깊은 애정을 느껴 본 적이 없었다. 그녀의 모성애는 날이 갈수록 뜨겁게 불타올랐다. 그녀의 마음은 이처럼 헌신적인 애정 속에 빠져든 적이 단 한 번도 없었다. 그녀는 커다란 학생모를 쓰고 보조개가 팬 이 소년에게 사랑의 기쁨과 눈물, 그리고 목숨까지 기꺼이 바칠 각오가 되어 있었다. 이렇게 된 이유가 뭐냐고? 그것이 무엇인지 누가 알 수 있을까.

사샤가 학교 안으로 들어가면, 올렌카는 만족스럽고 애정으로 가득 찬 기분이 들어 조용히 집으로 돌아오곤 했다. 지난 6개월 동안 다시 젊음을 되찾은 그녀의 얼굴은 미소로 빛났다. 거리에서 그녀와 만난 사람들도 그녀의 얼굴을 보고 기뻐하며 이렇게 말하곤 했다.

"어머, 안녕하세요, 올리가 세묘노브나! 요즘 어떻게 지내세요?"

"요즘은 중학교 공부도 어려워졌더군요."

그녀는 시장에서 이런 말도 했다.

"진짜 그래요. 1학년 아이에게 동화 암송과 라틴어 번역, 게다가 숙제가 하나 더 있지 뭐예요. 아직 어린아이에게 너무 힘든 숙제를 시키는 건 아닌가요?"

올렌카는 사샤의 말을 그대로 흉내 내서 교사들과 학교 공부, 교과서 등에 관해 말했다. 오후 2시가 되면 두 사람은 함께 점심을 먹었고, 저녁에는 함께 복습과 예습을 했다. 그러고 나서 그녀는 소년을 침대에 눕게 한 뒤, 오랫동안 아이를 향해 성호를 그으면서 낮은 목소리로 기도했다. 그런 뒤에 그녀는 자신의 침대로 들어가, 마음껏 상상의 나래를 펼치곤 했다. 사샤가 학교를 졸업하고 의사나 기사가 되어 큰 집과 말과 마차를 가지게 되고, 결혼하고, 그러다가 아이가 태어나는 등 먼 미래의 꿈같은 나날들을 끝없이 상상해 보는 것이었다. 그러면 그녀는 어느새 잠에 빠져들었다. 그녀의 감긴 눈꺼풀 사이로 눈물이 넘쳐 뺨을 타고 흘러내렸다. 검은 고양이는 그녀 옆에서 가르랑거렸다.

갑자기 누군가가 문을 세차게 두드리는 소리가 났다. 눈을 번쩍 뜬 올렌카는 두려운 마음이 들어 점점 숨이 막혀 왔다. 심장이 마구 뛰었다. 30초쯤 지나자, 다시 문 두드리는 소리가 났다.

"하리코프에서 전보가 온 게 분명해. 사샤의 어머니가 사샤를 하리코프로 데려가려나 봐. 아아, 이 일을 어쩌면 좋지?"

그녀는 온몸을 부들부들 떨면서 상상했다.

그녀는 절망에 빠져 버렸다. 머리도, 다리도, 손도 싸늘해졌다. 이 세상에서 자기보다 더 불행한 사람은 없을 것 같은, 그런 절망감이 들었다. 다시 1분쯤 지나자, 사람 목소리가 들렸다. 수의관이 클럽에서 돌아온 것이었다.

"오, 하느님! 감사합니다. 아, 다행이다."

그녀의 무거운 기분은 점차 사라지고, 마음은 다시 가벼워졌다. 그녀는 다시 침대에 누워 사샤에 대한 상상을 하기 시작했다. 옆방에서 깊이 잠든 사샤는 꿈을 꾸는지, 이따금 잠꼬대를 하곤 했다.

"너, 이 자식! 저리 비켜! 그만해! 가만 안 둬!"

어느 관리의 죽음

어느 멋진 저녁, 멋지게 차려입은 회계원 이반 드미트리치 체르뱌코프는 객석의 두 번째 줄에 앉아, 오페라글라스를 이용해 〈코르네빌의 종〉을 관람하고 있었다. 그는 공연을 보면서 행복의 절정에 도달한 것 같은 기분이 들었다. 그때 갑자기……. (언제나 소설 속에서는 이 '그때 갑자기'라는 말이 매우 자주 등장한다. 작가들이 그러는 것도 어찌 보면 당연하다. 인생은 갑작스런 일들로 가득 차 있지 않은가!) 그때 갑자기 그가 얼굴을 찡그리고 눈을 희번덕거리더니 숨을 멈추었다……. 그는 오페라글라스에서 눈을 떼고 몸을 숙였다. 그러고는…… 에취! 마치 보란 듯이 재채기를 해 버렸다. 그 누구도, 어디에서도, 재채기라는 것은 도저히 막을 수가 없다. 농부나 경찰서장도, 심지어는 국장님도 재채기를 한다. 누구나 재채기를 한다. 체르바코프는 조금도 당황하지 않았다. 그는 손수건으로 얼굴을 닦은 다음, 예의 바른 사람답게 주변을 둘러보았다. 재채기로 다른 사람한테 폐를 끼친 것은 아닐까? 순간 그는 무척 당황했다. 앞의 첫 번째 줄에 앉아 있던 한 노인이 자신의 대머리와 목을 장갑으로 열심히 닦으면서 무어라고 중얼거렸기 때문이다. 체르바코프는 그 노인이 교통부에서 근무하는 브리잘로프 장군이라는 것을 알아보았다.

'저분에게 내 침이 튀었군!'

체르바코프는 생각했다.

'직속상관은 아니지만, 그래도 불편하게 됐어. 당장 사과해야 해.'

체르바코프는 헛기침을 하고 나서 앞으로 몸을 숙였다. 그러고 나서 장군의 귀에다 대고 속삭였다.

"아, 실례합니다. 각하, 제가 침을 튀겼습니다……. 제가 실수로……."

"괜찮소. 괜찮아요."

"제발 용서하십시오, 각하! 제가 했습니다……. 하지만 본의는 아니었습니다."

"아아, 앉아요, 제발. 공연 좀 봅시다!"

체르바코프는 머쓱해져서 바보같이 웃음을 지었다. 그는

다시 공연을 보기 시작했다. 하지만 그는 공연을 보면서도 마음이 전혀 편하지 않았다. 불안감이 점점 그를 괴롭히기 시작했다. 그는 휴식 시간 때 브리잘로프에게 다가갔다. 주변을 서성거리던 그는 마침내 용기를 내어 말했다.

"제가 각하께 침을 튀겼습니다. 각하, 용서하십시오. 저는 그저…… 제 본의로 그런 것이 아니라……."

"허, 진짜……. 난 다 잊어버렸어요. 아직도 그 이야기를 하는 거요?"

장군은 이렇게 말하며 못 참겠다는 듯, 신경질적으로 아랫입술을 바르르 떨었다.

'잊었다더니……. 눈에는 원한이 가득 담겨 있어.'

체르뱌코프는 이렇게 생각하며 의심스러운 눈길로 장군을 쳐다보았다.

'이제는 나와 말도 안 하려고 하네. 나는 전혀 그럴 의도가 아니었다고……. 재채기는 자연의 순리라고 설명해야 하는데……. 그렇게 말하지 않으면 내가 일부러 침을 튀긴 거라고 생각할 거야. 지금은 그런 생각을 하지 않더라도, 나중에는 그렇게 생각할지도 몰라!'

결국 집으로 돌아온 체르뱌코프는 아내에게 자신의 무례한 행동에 대해 이야기했다. 그가 보기에 아내는 이 사건을 지나치게 가벼운 일로만 여기고 있는 것 같았다. 그녀는 조금 놀라기는 했지만, 브리잘로프가 다른 부서의 상관인 것을 알고는 안심했다.

"그렇더라도 가서 사과하세요."

그녀는 말했다.

"당신이 사람들 있는 데서 예의도 못 차리는 사람이라고 생각할지 모르니까요."

"그래, 내 말이 그 말이야. 사과했는데도 그분은 뭔가 이상했어⋯⋯. 제대로 된 말을 한마디도 안 해 줬어. 하긴 이야기할 시간도 없었지만⋯⋯."

다음 날, 체르뱌코프는 새 관복을 차려입고 말끔하게 면도까지 했다. 그러고 나서 그는 브리잘로프에게 해명하러 갔다. 장군의 접견실에는 매우 많은 청원자가 있었고, 장군은 그들과 면담하고 있었다. 장군은 몇몇 청원자의 이야기를 들은 뒤, 고개를 들어 체르뱌코프를 바라보았다.

"어제 아르카지 극장에서⋯⋯. 기억하실지 모르겠습니다만, 각하⋯⋯ 제가 재채기를 했습니다만⋯⋯. 그래서 본의 아니게 침을 튀겼습니다⋯⋯. 죄송하게 되⋯⋯."

"거, 쓸데없는 소리를⋯⋯. 무슨 일이요? 당신은 무슨 일로 온 거요?"

이렇게 말한 장군은 다음 청원자에게 고개를 돌려 버렸다.

체르뱌코프는 '이야기도 하고 싶지 않은 거야!'라고 생각하며, 얼굴이 하얗게 질려 버렸다.

'지금 화내고 있어……. 안 돼, 이렇게 내버려 두어서는 절대로 안 돼. 반드시 해명해야만 해…….'

그때 장군은 마지막 청원자와 이야기를 끝내고 나서 안쪽 방으로 향하려 했다. 체르뱌코프는 그를 쫓아가서 이렇게 말했다.

"각하! 제가 각하께 폐를 끼친 까닭에 대해서 말씀드리고 참회드리고자 합니다. 본의가 아니었다는 것만을 분명히 알아주십시오."

장군은 얼굴을 찡그리며 손을 내저었다.

"당신 뭐야? 나를 조롱하는 거야?"

그는 문을 쾅 닫아 버렸다.

'내가 조롱을 했다니……. 무슨 조롱이라는 거지?'

체르뱌코프는 생각했다.

'나는 놀리려는 생각은 조금도 없었다고. 장군님은 정말로 잘못 알고 계시는군. 그렇다면 좋아. 이 거만한 인물한테는 절대로 사과하지 않겠어! 집어치우자! 앞으로는 찾아갈 필요 없이 편지를 쓰는 거야! 나는 절대 찾아가지 않을 거야.'

체르뱌코프는 집으로 돌아오는 길에 그렇게 생각했다. 하지만 도저히 편지를 쓸 수 없었다. 생각하고 또 생각해 봤지만, 도대체 편지에 무슨 말을 어떻게 써야 할지 도무지 생각이 나지 않았다. 결국 그는 다음 날, 장군을 또 찾아갈 수밖에 없었다.

"각하, 저는 어제 와서 폐를 끼친 그 사람입니다만……."

장군은 그를 의아한 눈길로 쳐다보았다. 그러자 그는 더듬거리며 말했다.

"그건 각하께서 말씀하신 것처럼 놀리려는 뜻은 절대로 아니었습니다. 저는 다만, 재채기하고 침을 튀긴 것에 대해 사과를 드리려던 것이었습니다. 조롱 같은 것을 하려는 생각은 추호도 없었습니다. 제가 감히 어떻게 각하를 조롱한단 말입니까? 만약 제가 웃었다면, 그건 고매하신 어르신의 인격에 대한 존경심 때문이지 그 어떤……."

"당장 꺼져!"

장군은 갑자기 얼굴이 파랗게 질려서 부들부들 떨며 소리를 질렀다.

"뭐라고요?"

체르뱌코프는 두려움에 질려서 속삭이듯이 물었다.

"꺼지라고!"

장군은 발을 구르며 반복해서 말했다.

체르뱌코프의 배 속에서 무언가가 터져 나온 듯했다. 그는 아무것도 보이지 않았고, 아무것도 들리지 않았다. 그는 문으로 뒷걸음질을 쳤다. 그러고 나서 그는 거리로 나와 터벅터벅 걸었다. 마치 기계같이 집으로 돌아온 그는 관복을 벗지도 않은 채 침대에 누웠다. 그러고 나서…… 죽어 버렸다.

쉿!

　　신문에 글을 기고하는 삼류 작가 이반 예고로비치 크라스
누힌은 심각하고 우울한 표정을 지은 채 뭔가에 골몰하면서
밤늦게 집으로 돌아온다. 마치 그는 경찰의 가택 수색을 초조
하게 기다리거나 심각하게 자살을 생각하는 사람 같다. 그는
방 안에서 잠시 서성대다가 갑자기 멈춰 선다. 그러고 나서
머리카락을 곤두세우고 자신의 누이에게 복수하겠다고 다짐
하던 라에르테스의 톤으로 말한다.

　　"이젠 지쳤어. 정말 넌더리가 나. 가슴이 쓰리고 답답해.
그런데도 넌 나에게 가만히 앉아서 쓰기만 하란 소리야? 이
게 내 현실이라고? 우울한데도 사람들을 웃겨야 하는, 아니
면 즐거운데도 의뢰받은 원고 때문에 할 수 없이 독자를 눈물

쓴게 해야 하는 작가의 고통스러운 부조화에 대해, 왜 아무도 쓰지 않는 거지? 예를 들면 말이야. 몸이 아프거나 자식이 죽었다거나 아내가 출산 중일 때도 나는 왜 장난스러워야 하고, 무심한 척 냉정해야 하며, 익살스러워야 한단 말이야?"

그는 이렇게 말하면서 주먹을 휘두르고 눈알을 굴린다. 그러다가 곧장 침실로 가서 아내를 깨운다.

"나쟈, 난 이제 앉아서 글을 쓸 거야…… 아무도 날 방해하지 못하게 도와 줘. 아이들이 떼를 쓰면서 울거나 하녀가 코를 골면 난 도저히 글을 쓸 수 없는 상태가 된다고…… 차와 비프스테이크가 있는지 좀 알아봐…… 난 차가 없으면 글을 쓸 수 없다는 걸 당신도 잘 알잖아…… 차뿐이라고. 차밖에 없어…… 내 원고 작업에 도움이 되는 건……."

그는 자기 방으로 돌아와서 코트와 조끼, 장화를 벗는다. 그는 옷을 천천히 다 벗고 나서, 부당하게 모욕을 받은 듯한 얼굴로 책상 앞에 앉는다.

그의 책상 위에는 평범한 것도 없고, 우연히 올라온 것도 없다. 모든 것이, 아주 작고 자질구레한 장식품들까지도 심사숙고하고 나서 계획을 세우는 그의 성격과 비슷하다. 위대한 작가들의 작은 반신상과 사진들, 육필 초고 뭉치들, 중간중간 페이지를 접어 놓은 벨린스키 선집, 재떨이를 대신해서 쓰이는 두개골, 아무렇게 한 것 같지만 파란색 연필로 표시한 굵은 글씨의 표제 '비겁하다'가 보이게 마구 구겨 놓은 신문지가 있다. 또 책상 위에는 뾰족하게 깎은 연필 열 자루와 펜촉을 새로 갈아 끼운 펜대 몇 개가 준비되어 있다. 이것은 펜촉이 망가지는 것처럼 아주 우연하게 발생하는 어떤 외적 요인들로 말미암아 자유로운 창작의 기운이 꺾이지 않도록 마련된 것들이다.

크라스누힌은 안락의자의 등받이에 몸을 편안하게 기댄 채 눈을 감는다. 그는 글의 주제에 대해 몰두한다. 아내가 슬리퍼를 질질 끌면서 사모바르에 넣을 나뭇조각을 쪼개는 소리가 들린다. 아내는 잠에서 덜 깬 모양이다. 아내가 사모바르 뚜껑과 부엌용 칼을 여러 번 놓쳐 바닥에 떨어뜨리는 소리가 났기 때문이다. 곧 사모바르에서 물이 끓는 소리가 들리고, 고기 굽는 냄새가 난다. 아내는 여전히 나뭇조각을 쪼개면서, 사모바르의 뚜껑과 바람구멍을 계속해서 덜거덕거린다. 갑자기 크라스누힌은 몸을 떨면서 놀란 듯이 눈을 크게 뜨고, 킁킁거리며 냄새를 맡기 시작한다.

"아니, 이게 뭐야? 가스 냄새가 나잖아!"

그는 얼굴을 고통스럽게 일그러뜨리면서 신음을 낸다.

"아이고, 가스 냄새! 이 여자가 나를 가스에 중독시키려고 작정한 거 아니야? 자, 빨리 말해 봐! 이런 상황에서 내가 어떻게 글을 쓸 수 있겠어?"

그는 부엌으로 뛰어 들어가서는 아내에게 마치 배우처럼 아주 극적인 분위기를 자아내며 탄식한다. 얼마 뒤, 아내가 발끝으로 조용히 걸어와 그에게 찻잔을 내민다. 그는 방금 전에 그랬듯이 안락의자에 앉아 눈을 감은 채, 글쓰기에 몰두한다. 그는 아무런 미동도 하지 않은 채, 두 손가락으로 가만히 이마를 만지작거린다. 그는 아내의 존재는 전혀 염두에 두지 않은 듯한 표정을 짓는다……. 갑자기 그의 얼굴에 방금 전에 그랬던 것처럼 부당하게 모욕을 받은 듯한 표정이 다시 떠오른다.

그는 제목을 쓰기 전에 앞서, 값비싼 부채를 선물 받은 소녀처럼 한동안 혼자서 아양을 떨다가 다시 거드름을 피운다……. 그러고 나서 그는 마치 아파서 그러는 것처럼 관자놀이를 누르면서 두 다리를 벌린 사이로 머리를 집어넣고는 한동안 단단히 버티기도 한다. 또 상체를 일으킨 다음, 소파 위의 고양이처럼 나른하게 실눈을 뜨기도 한다……. 결국 무언가 영감이 떠오른 듯이, 잉크스탠드에 손을 뻗어 사형 선고에 서명이라도 하는 듯한 표정으로 제목을 쓴다…….

"엄마, 물 좀 줘!"

아들의 목소리가 들린다.

"쉿!"

엄마가 말한다.

"아빠가 지금 글을 쓰신단다! 쉿!"

그는 수정 없이 가능한 한 빨리 글을 쓴다. 어느덧 한 장을 거의 다 채운다. 유명한 작가들의 반신상과 초상들은 거침없이 써 내려가는 그의 펜을 바라본다. 그러면서 미동도 하지 않은 채 이렇게 생각하는 듯하다.

'아, 대단히 글솜씨가 좋은 친구로군!'

"쉿!"

펜이 삐걱거린다.

'쉿!'

그의 무릎이 닿아 덜컹거리는 책상과 함께 작가들이 흔들리며 소리를 낸다.

그 순간, 크라스누힌이 몸을 펴고 펜을 손에서 내려놓는다. 그러고 나서 한껏 귀를 기울인다……. 단조롭고 고른 속삭임 소리가 들린다……. 그 소리는 옆방에서 하숙하는 포마 니콜라예비치가 기도하는 소리다.

"나는 말하지 않았어!"

크라스누힌이 고함을 지른다.

"조용히 기도할 수 없겠어? 당신이 지금 내 글 작업을 방해한단 말이야!"

"아, 죄송합니다……."

포마 니콜라예비치는 아주 의기소침해져서 대답한다.

"쉿!"

크라스누힌은 다섯 장을 가득 채운 후 기지개를 켜며 시계를 바라본다.

"이런, 벌써 3시네."

그는 신음을 낸다.

"사람들은 모두 잠든 시간인데……. 나 혼자서만 이렇게…… 글을 쓰고 있다니……."

피곤에 지쳐 녹초가 된 그는 진저리를 치며 고개를 옆으로 떨어뜨린다. 그러고는 침대로 다가간다. 그는 아내를 깨우면서 힘없는 목소리로 말한다.

"나쟈! 차 좀 더 가져와. 나는…… 정말 너무 힘들어! 어서……."

그는 4시까지 더 쓴다. 쓰고 싶은 이야기가 더 있었다면, 아마도 6시까지 썼을 것이다. 무척 정확하고 비판적인 눈에서 벗어나 혼자서, 생명이 없는 사물들 앞에서 부리는 아양과 거드름이, 그의 의지에 운명이 달린 작은 개밋둑 앞에서 부리는 독단적인 권세와 교만이 그의 존재에 소금과 꿀이 된다.

이 집에서 부리는 이러한 독단적인 권세는 우리가 편집국에서 익히 보아 왔던 소심하고 비굴하며 고분고분하고 무능한 사람의 모습과 얼마나 다른가!

"잠을 못 잘 정도로 나는 완전히 녹초가 되었어……."

그는 침대에 누우며 말한다.

"우리의 일이란 건 정말 보답 없이 피곤하고 저주받은 것이지. 몸보다 정신을 더욱 지치게 만들거든……. 브롬화칼륨(신경 안정제)이라도 먹어야겠어……. 가족만 아니라면 이 일을 당장에 집어치우고 싶어……. 원고 의뢰에 맞추어 글을 쓰는 일은 정말 지긋지긋해!"

그는 정오나 1시까지 잠을 잔다. 아주 깊고 깊은 잠을 잔다……. 아, 그는 잠 속에서 꿈꾸면서 유명한 작가나 편집장이나 발행인이 되어 본다.

"그이가 밤새도록 글을 썼어요."

아내가 놀란 얼굴을 하며 작은 목소리로 속삭인다.

"쉿!"

아무도 감히 말하거나 걸어 다니거나 소리 내지 못한다. 그의 꿈은 죄인이 모욕의 대가로 얻은 아주 소중한 보물이다.

'쉿' 하는 소리가 집 안 전체에 널리 울려 퍼진다.

"쉿!"

자고 싶다

한밤중에 열세 살의 소녀인 유모 바리카는 아기가 누워 있는 요람을 흔들며 아주 작은 목소리로 중얼거린다.

"자장, 자장, 자장, 자장, 노래 불러 줄게……."

성화 앞에 작은 초록색 램프가 타오르고 있다. 방 안 전체를 가로지르는 줄이 이곳저곳에 묶여 있다. 그 위에는 기저귀와 검은색 어른 바지가 걸려 있다. 램프 불빛이 천장에 큰 초록색 반점으로 어른거린다. 기저귀와 바지의 그림자가 페치카(러시아식 난방 장치. 난로를 벽에 붙인 형태임)와 요람 위로 드리운다. 작은 램프가 흔들리면 반점과 그림자 역시 살아 움직이는 것처럼 바람이 부는 대로 이리저리 흔들린다. 무척이나 무더운 날씨다. 어디선가 양배추 수프와 구두를 만드는 데 사용하는 가죽 냄새가 난다…….

아기가 운다. 이미 울 만큼 울어서 목이 완전히 쉬었을 텐데, 아기는 여전히 큰 소리로 울어 댄다. 언제 그칠지 전혀 알수가 없다.

바리카는 정말 자고 싶다. 두 눈이 자꾸 감겨서 고개를 끄덕이니 목덜미가 무척 아프다. 눈꺼풀도 입술도 움직일 수가 없다. 바짝 마른 얼굴은 움직이기가 힘들고, 머리는 좁쌀처럼 작아진 것 같다.

"자장, 자장, 자장……."

바리카가 낮은 목소리로 웅얼거린다.

"아가, 너를 위해 카샤(러시아의 전통 음식 중 하나. 각종 곡물을 넣고 끓인 죽)를 끓여 줄게……."

귀뚜라미가 페치카 위에서 운다. 문이 맞닿아 있는 옆방에서는 구두 수선공인 집주인 아파나시가 코를 골며 자고 있다. 요람은 애처롭게 삐걱거리는 소리를 낸다. 바리카는 여전히 웅얼거린다. 그녀의 목소리는 잠자리에 든 사람에게는 매우 달콤하게 들릴 만한 깊은 밤의 자장가다. 바리카가 잠든다면, 슬프지만 안주인이 당장에라도 회초리를 들고 나타날 것이다. 따라서 지금 이 자장가는 너무 졸리지만 잘 수 없는 바리카의 신경을 건드리며 괴롭힐 뿐이다.

작은 램프가 깜박거린다. 작은 램프가 만든 초록색 반점과 그림자가 함께 움직이며, 반쯤 감긴 채 움직임이 없어진 바리카의 눈동자에 천천히 스며든다. 그 덕분에 이미 반 정도는 잠이 들어 버린 그녀의 뇌수 속에 공상을 만들어 낸다. 바리카는 하늘에서 연달아 흘러가며 아기처럼 울어 대는 먹구름을 바라본다. 갑자기 바람이 불어닥쳐 구름이 제멋대로 흩어진다. 그러자 바리카는 먼지가 뿌옇게 쌓인 넓은 포장도로를 바라본다. 포장도로 위로 짐마차 대열이 지나간다. 등에 배낭을 짊어진 사람들도 천천히 지나간다. 게다가 앞뒤로 형태를 알 수 없는 그림자들이 허공을 날아다닌다. 아주 차갑고 짙은 안개 속으로 숲이 보인다. 갑자기 배낭을 짊어진 사람들과 그림자들이 먼지가 뿌연 바닥으로 쓰러진다.

"왜 그러지?"

바리카가 묻는다.

'자라, 괜찮다. 그래, 우린 잘 거야.'

어디선가 그런 대답이 들린다. 그들은 아주 편안하고 달콤하게 잠을 청한다. 전선 위에 앉아 있는 까마귀들과 까치들은 그들을 깨우려 애쓰는 듯 아기처럼 울어 댄다.

"자장, 자장, 자장……. 노래를 불러 줄게……."

바리카는 웅얼거린다. 그러고 나서 이제 어둡고 무더운 농가 안에 있는 자신을 본다.

돌아가신 아버지 예핌 스체파노프가 바닥에서 몸을 움직

인다. 아버지의 얼굴은 보이지 않고, 통증 때문에 바닥에서 뒹구는 아버지의 신음만 들려온다. 그때 아버지는 탈장이 심했다. 통증이 극심해서 말을 제대로 못 하고, 간신히 숨쉬며 입술로 북 두드리는 소리를 낸다.

"부부부부……."

어머니 펠라게야는 남편이 죽어 가고 있다고 주인들에게 전하기 위해 저택으로 뛰어간다. 하지만 어머니는 시간이 계속 흘러도 돌아올 기미조차 없다. 바리카는 페치카 위에 누워서 아버지가 '부부부부' 하는 소리를 내는 것에 귀를 바짝 기울인다. 그때 누군가가 집에 도착한 소리가 들린다. 그것은 주인이 부른 의사가 그들 집에 도착한 소리다. 의사는 집 안으로 들어선다. 어두운 탓에 그의 모습이 제대로 보이지 않는다. 그의 기침 소리와 문을 여닫는 소리만 들려온다.

"불을 켜 주십시오."

그가 말한다.

"부부부부……."

예핌이 대답한다.

펠라게야가 페치카로 달려가 성냥갑을 찾기 시작한다. 잠시 정적이 흐른다. 의사가 호주머니를 뒤져 성냥을 찾은 후 불을 켠다.

"이를 어쩐담……. 금방 갔다 올게요. 금방이요……."

펠라게야는 이렇게 말하고는 집 밖으로 급하게 뛰어나간다. 잠시 후, 그녀는 타다 남은 양초를 가지고 돌아온다.

예핌의 뺨은 불그스름하다. 두 눈은 농가와 의사를 꿰뚫어 보듯이 무척 날카롭게 빛난다.

"왜 그러는 거지요? 무슨 생각을 하는 거예요?"

의사가 허리를 숙인 채 예핌에게 말한다.

"이런! 오래전부터 이런 상태였나요?"

"모르겠어요. 의사 선생님, 정말 죽을 때가 되었나요? 이제 살기는 다 틀린 건가요? 그런 건가요?"

"쓸데없는 소리는 그만두세요. 어찌 되었든 치료해 봅시다!"

"의사 선생님, 그렇게 말씀해 주셔서 정말 감사합니다. 하지만 지금 바로 코앞에…… 죽음이 다가왔다고 한다면……."

의사는 15분 정도 진찰한 후 일어나서 말한다.

"여기서 내가 할 수 있는 일은 아무것도 없습니다. 당장 병원에 입원해서 수술을 받아야 해요. 당장이요. 절대 미루어서는 안 돼요. 지금 당장 늦지 않게 출발하세요. 만일 조금이라도 지체한다면 병원 문이 닫힐 겁니다. 하지만 너무 걱정하지 마세요. 내가 메모를 해 드릴 테니까요. 알겠어요?"

"어떻게 하지? 그럼 뭘 타고 가지?"

펠라게야가 말한다.

"우리는 말이 없는데 어쩌지요?"

"걱정 마세요. 내가 주인에게 부탁해 보겠습니다. 그분들은 반드시 말을 빌려주실 겁니다."

의사가 떠나고 촛불이 꺼진다. 다시 '부부부부……' 하는 소리가 들린다. 약 30분이 지났을 때 누군가가 농가에 도착한다. 병원에 가라고 주인이 보낸 작은 짐마차다. 예핌은 떠날 준비를 하고 나서 짐마차에 올라 떠난다.

맑고 화창한 아침이 찾아온다. 펠라게야는 집에 없다. 남편의 상태가 어떤지 확인하기 위해 병원에 간 것이다. 어딘가에서 아기가 운다. 바리카는 누군가가 그녀의 목소리로 노래 부르는 소리를 듣는다.

"자장, 자장, 자장, 노래를 불러 줄게……."

펠라게야가 집으로 돌아온다. 그녀는 성호를 긋고 나서 아주 작은 목소리로 말한다.

"오늘 아침 아버지가 하늘나라로 떠나셨다. 밤새 탈장 수술을 했지만, 치료가 너무 늦어서 어쩔 수 없었다고 하더구나. 좀 더 일찍 병원에 도착했더라면…… 살 수도 있었을 텐데……. 그래도 천국에 가셨을 거야. 우리 기도하자. 아버지가 영원히 평화와 함께하기를……."

바리카는 숲속으로 들어가서 눈물을 흘린다. 갑자기 누군가가 그녀의 뒤통수를 세게 때린다. 이마가 자작나무에 부딪

칠 정도로 말이다. 그녀가 머리를 들어 보니 그녀의 주인인 구두 수선공이 있다.

"이런 나쁜 년! 지금 대체 뭘 하는 거야?"

그가 말한다.

"아기가 울고 있는데도 잠을 자?"

주인은 바리카의 귀를 세게 잡아당긴다. 그러는 중에도 바리카는 요람을 흔들면서 자장가를 웅얼거린다.

초록색 반점과 빨랫줄에 걸린 바지와 기저귀 그림자가 흔들거리더니 다시 바리카의 뇌수를 사로잡는다. 그녀는 다시 먼지가 쌓인 넓은 포장도로를 본다. 배낭을 멘 사람들과 그림자들이 편히 누워서 잠을 잔다. 그들을 바라보는 바리카는 너무나 자고 싶다. 편안히 누웠으면 싶었는데, 어머니 펠라게야가 그녀 곁에서 걸으면서 무섭게 다그친다. 어머니와 바리카는 셋집을 알아보기 위해 서둘러 도시로 걸어가는 중이다.

"제발 저희에게 자비를 베풀어 주세요."

어머니가 지나가는 사람들에게 구걸한다.

"하느님의 은총을 빕니다. 제발 저희를 불쌍히 여겨 저희에게 자비를 베풀어 주십시오."

"이리 아기를 데리고 와!"

귀에 익은 목소리가 바리카에게 말한다.

"이리 아기를 데려와!"

같은 목소리가 다시 외친다. 이미 화난 날카로운 목소리다.

"듣고 있는 거야? 이 나쁜 년 같으니라고!"

바리카는 주변을 둘러보다가 벌떡 일어난다. 그녀는 어떤 일이 일어나고 있는지 알아본다. 바리카 주변에는 넓은 포장도로도 펠라게야도 지나가는 사람들도 없다. 방 한가운데에는 아기에게 젖을 물리려고 온 안주인만 서 있을 뿐이다. 어깨가 넓게 벌어진 뚱뚱한 안주인이 아기를 달래고 있다. 바리카는 안주인과 아기만을 바라본다. 창문 밖은 이미 푸르스름하게 변하고, 천장 그림자와 반점도 눈에 띄게 흐릿해진다. 곧 아침이다.

"데리고 가!"

안주인이 블라우스 앞단추를 잠그며 말한다.

"다시 아기가 울면 가만 안 둘 테야."

바리카는 아기를 받아 눕힌 다음, 다시 요람을 흔든다. 초록색 반점과 그림자는 점점 희미해지더니 더는 그녀의 머릿속으로 들어오지 않는다. 하지만 그녀는 여전히 자고 싶다. 아주 지독하게 자고 싶다. 바리카는 요람 귀퉁이에 머리를 기댄 채 잠을 이겨 내려고 온몸을 흔든다. 하지만 그녀의 눈은 여전히 감기고 머리는 무겁다.

"바리카, 페치카에 불을 때!"

문밖에서 집주인이 소리친다.

벌써 잠자리에서 일어나 일을 시작할 때다. 바리카는 요람에는 신경을 쓰지 않은 채 내버려 두고, 장작을 가지러 헛간으로 달려간다. 바리카는 차라리 기쁘다. 걷거나 뛰면 가만히 앉아 있을 때만큼 잠이 오지 않기 때문이다. 바리카는 장작을 가져와 페치카에 불을 피운다. 무감각했던 그녀의 얼굴에 혈색이 돈다. 그리고 머리가 맑아지는 것 같은 기분이 느껴진다.

"바리카! 사모바르에 물을 담아서 올려 놔!"

안주인이 소리를 지른다.

바리카는 나무를 잘게 쪼개서 불을 붙인 뒤, 사모바르 속에 집어넣는다. 얼마 뒤, 안주인이 다시 그녀에게 소리친다.

"바리카, 주인어른의 구두 좀 닦아!"

바리카는 바닥에 앉아 주인의 구두를 닦는다. 크고 깊은 주인의 구두 속에 머리를 박은 채 잠시라도 눈을 붙였으면 좋겠다고 생각한다. 그때 갑자기 구두가 크게 부풀어 올라 방 안을 가득 채운다. 바리카는 구둣솔을 떨어뜨린다. 그녀는 머리를 세게 흔들며 눈을 아주 크게 부릅뜬다. 그러고 나서 그녀는 물체들이 커지지 않도록 눈 안에서 움직이지 않게 고정하려고 초점을 잡아 본다.

"바리카, 계단 위부터 물청소해라. 구두 맞추러 오는 손님들에게 부끄럽지 않게 말이야."

바리카는 계단을 닦고 방을 치운다. 그러고 나서 페치카에 불을 때고 가게로 달려간다. 바리카는 일이 너무 많아서 잠시도 쉴 틈이 없다.

싱크대 앞 한구석에 서서 감자를 씻는 일보다 힘든 일도 없다. 그녀가 싱크대 있는 쪽으로 고개를 내밀면, 감자가 눈앞에서 어른거린다. 손에 있던 칼이 미끄러져 바닥에 떨어진다. 뚱뚱하고 신경질적인 안주인이 양 소매를 걷어붙이며 그 옆을 지나친다. 그녀는 온종일 큰 소리로 바리카에게 고함을 지른다. 식사 시중을 들거나 빨래, 바느질하는 것도 어려운 일이다. 그녀는 아무것도 상관하지 않고 그저 바닥에 쓰러져서 자고 싶은 순간이 항상 찾아온다.

날이 저문다. 바리카는 창밖이 어두컴컴해지는 것을 바라본다. 그녀는 무감각해진 관자놀이를 꽉 누른 채 미소를 짓는다. 무엇 때문에 그렇게 하는지는 자신도 알지 못한다. 저녁 안개가 바리카의 감기는 눈을 쓰다듬는다. 저녁 안개는 그녀에게 이제 깊은 잠을 잘 수 있을 거라고 속삭인다. 저녁이 되자, 집주인에게 손님들이 찾아온다.

"바리카, 사모바르를 올려라!"

안주인이 소리친다.

집주인의 사모바르는 너무 작아서 손님들에게 차를 대접

하려면 다섯 번이나 끓여야 한다. 바리카는 차를 준비했지만, 손님들의 시중을 들려면 한 시간이나 더 그 자리에 서 있어야 한다.

"바리카, 빨리 뛰어가서 맥주 세 병만 사 오렴!"

바리카는 졸음을 달래려고 있는 힘껏 빨리 뛰어간다.

"바리카, 빨리 뛰어가서 보드카를 가져 오렴! 병따개는 어디 있는 거니? 바리카, 청어를 좀 더 깨끗하게 씻어!"

드디어 손님들이 떠난다. 불이 꺼지고 주인들은 잠자리에 든다. 마지막 명령이 울려 퍼진다.

"바리카, 요람을 흔들어!"

페치카 안에서 귀뚜라미가 운다. 천장에 어른거리는 초록색 반점과 기저귀들, 바지의 그림자가 반쯤 감겨진 바리카의 눈 속으로 들어온다. 그것들은 그녀의 머리를 몽롱하게 한다.

"자장, 자장, 자장……."

바리카가 웅얼거린다.

"노래를 불러 줄게……."

아기가 아주 큰 소리로 울어 댄다. 지치도록 계속해서 운다. 바리카는 먼지가 쌓인 포장도로와 배낭을 멘 사람들, 그리고 펠라게야와 아버지 예핌을 본다. 바리카는 금세 모든 일을 파악하고 모든 사람을 알아본다. 하지만 그녀는 반은 잠이 든 상태에서 자신의 두 팔과 두 다리를 움직이지 못하게 하는 그 힘을 도저히 용납할 수 없다. 게다가 그녀를 짓누르고 그녀의 모든 것을 방해하는 그 힘을 도저히 이해할 수 없다. 바리카는 주변을 둘러보며 그 힘이 도대체 무엇인지 찾으려고 애쓴다. 하지만 그녀는 도저히 찾아낼 수 없다. 기운이 다 빠졌지만 온 힘을 다해 두 눈을 부릅뜬다. 그러고 나서 머리 위에서 깜빡거리는 초록색 반점을 바라본다. 그녀는 울음소리에 귀를 기울이다가, 결국 자신을 방해하는 적의 정체를 비로소 발견한다.

그 적은 바로 아기다.

바리카는 웃는다. 이렇게 간단한 답을 왜 조금 더 일찍 눈치채지 못했는지 놀랄 지경이다. 초록색 반점, 그림자, 귀뚜라미도 바리카와 함께 웃으면서 놀라는 것 같다.

잘못된 생각이 조금씩 바리카를 유혹하기 시작한다. 바리카는 접의자에서 일어나 미소를 짓는다. 그러고 나서 눈도 깜빡이지 않은 채 방 안을 걸어 다닌다. 그녀는 자신의 육체를 괴롭히는 아기로부터 비로소 벗어날 수 있다는 희망을 본다. 그러자 그녀는 유쾌한 기분이 들고, 그와 동시에 몸이 근질근질해진다……. 아기를 죽인다. 그러고 나서 푹 자는 거다. 아주 편안히 잠을 자는 거다…….

바리카는 눈을 껌뻑이며 웃고, 초록색 반점을 손가락으로 위협한다. 그녀는 요람으로 천천히 다가가 아기를 향해 몸을 굽힌다. 그리고 나서 그녀는 아기를 질식시키고, 서둘러 바닥에 눕힌다. 이제는 정말로 잘 수 있다는 기쁨에 저절로 웃음이 난다. 1분도 채 지나지 않아, 바리카는 아주 곤하게 자고 있다. 마치 죽은 사람처럼 그렇게……

진창

1

　새하얀 여름 제복을 입은 젊은이가 말안장 위에서 가볍게 몸을 놀리며, 보드카 양조장 'M. E. 로드슈타인의 유산'의 앞마당으로 들어섰다. 뜨거운 태양이 육군 중위의 옷에 달린 별 계급장과 자작나무 흰 줄기, 양조장 마당 이리저리에 흩어진 유리 조각 위를 비추고 있었다.

　눈에 보이는 모든 것이 여름날의 밝고 건강함으로 가득 차 있었다. 그 어떤 것도, 물기를 머금은 작은 초록색 잎들이 맑고 파란 하늘과 눈짓을 주고받는 것을 방해하지는 못했다. 연기에 그을린 더러운 벽돌 창고나 숨 막히도록 냄새를 풍기는 보드카도 이 상쾌한 분위기를 망치지는 못했다.

　중위는 말안장에서 뛰어내리고 나서, 그를 보고 달려온 하인에게 말고삐를 건네주었다. 그러고는 가늘고 시커먼 콧수염을 손가락으로 연신 매만지며 현관으로 들어섰다. 그는 비록 낡기는 했지만, 여전히 부드럽고 밝은 빛깔을 지닌 계단을 밟고 올라갔다. 그곳에는 나이 든 하녀가 다소 무뚝뚝한 표정으로 서 있다가 곧이어 그를 반갑게 맞이했다.

중위는 아무 말도 하지 않고, 그녀에게 자신의 명함을 건네주었다. 하녀는 명함을 들고 방 안으로 들어갔다. 그러면서 하녀는 '알렉산드르 그리고리예비치 소콜스키'라는 중위의 이름을 읽었다. 조금 뒤 돌아 나온 하녀는 아가씨가 몸이 좋지 않아 그를 만날 수 없다고 전해 주었다. 소콜스키는 아랫입술을 내밀며, 잠시 천장을 쳐다보았다.

"이거 슬슬 짜증이 나는구먼."

그가 말했다.

"이봐요! 내 말 잘 들어요."

그가 빠르게 말했다.

"빨리 가서 수산나 모이세예브나에게 급히 말씀드릴 게 있다고 해 줘요. 꼭 만나야 한다고…… 딱 1분이면 충분하다고요. 꼭 그렇게 해 주셨으면 좋겠다고 전해 주세요."

하녀는 한쪽 어깨를 으쓱했다. 그러고 나서 느린 발걸음으로 아가씨의 방으로 향했다.

"그렇게 하시겠답니다."

잠시 뒤에 돌아온 하녀는 '후' 하고 한숨을 내쉬며 말했다.

"이리로 올라오세요."

중위는 하녀를 따라 화려하게 장식된 방과 대여섯 개의 커다란 방을 지나갔다. 계속해서 복도를 지난 후 마침내 정방형의 널찍한 방 안으로 들어섰다. 그는 들어서자마자 방 안 가득한 갖가지 화초와 꽃무늬를 보고 놀랐다. 게다가 짙고 달콤한 재스민 향기가 코를 진동했다.

어떤 꽃들은 격자 모양을 이루며, 벽을 지나 창문을 가렸다. 또 천장에서 아래로 길게 늘어져 있는 꽃들도 있었다. 방 구석구석마다 자리 잡은 꽃들 때문에 방은 마치 온실처럼 보였다. 게다가 박새, 카나리아, 꾀꼬리 같은 새들이 짹짹거리며 초록 잎 사이에서 노닐다가 창유리에 부딪치곤 했다.

"여기로 오시라고 해서 죄송해요."

요염한 여자의 음성이 들려왔다. 혀가 짧은 소리로 발음이 분명하지는 않았지만, 성량이 풍부하고 매력적인 목소리였다.

"어제 편두통을 앓았어요. 그래서 오늘도 편두통을 앓을까 봐, 움직이지 않으려 했지요. 그런데 어떤 일로 오신 건가요?"

그녀의 머리에는 털실로 떠서 만든 모직 스카프가 감겨 있었다. 또한 값비싼 중국풍 실내복을 입은 그녀는 쿠션 쪽으로 고개를 젖힌 채 누워 있었다. 끝이 뾰족하고 매부리처럼 살짝 흰, 창백하고 긴 코를 가진 그녀는 머리카락으로 얼굴을 가리고 있어서 검은 한쪽 눈만 보였다. 폭이 넓은 실내복 때문에 몸매가 많이 가려져 있었지만, 희고 아름다운 손과 목소리, 코와 눈으로 보아 어림잡아 스물여섯에서 스물여덟 살쯤 되어 보였다.

"고집을 부려 집에서 뵙자고 한 점에 대해서 죄송하게 생각합니다……."

중위는 장화에 달린 박차를 울리며 이렇게 말했다.

"제 소개를 하겠습니다. 저는 소콜스키입니다. 제 사촌형이자 당신의 이웃인 알렉세이 이바노비치 크류코프 씨의 위임을 받고 여기에 왔습니다……."

"아아, 잘 알고 있어요."

수산나 모이세예브나가 중위의 말을 가로막으며 말했다.

"네, 나는 크류코프 씨를 잘 알고 있어요. 좀 앉으세요. 나는 눈앞에 뭔가 커다란 것이 계속 서 있는 걸 좋아하지 않아요……."

"제 사촌 형님을 대신해 한 가지 부탁을 전하기 위해 왔습니다."

중위는 다시 한번 박차 소리를 내고, 자리에 앉으며 말했다.

"다름이 아니라, 돌아가신 아가씨의 부친께서 지난겨울에 사촌 형님에게 귀리를 사셨다고 들었습니다. 그런데 아직 지급할 대금이 조금 남아 있는 모양입니다. 어음 결제 기한이 1주일쯤 남아 있긴 합니다만, 가능하면 오늘 그 대금을 갚아 주셨으면 좋겠습니다. 형님께서 저에게 간곡히 부탁하셨거든요."

중위는 말을 모두 마치고 나서 주변을 힐끔거리면서 생각했다.

'내가 혹시 침실에 들어온 건 아닌가?'

방 한쪽 모퉁이에는 무성한 장미꽃 덩굴이 위로 휘감겨 올라가 있었다. 게다가 그 아래로는 아직 잠자리가 정리되지 않아, 구깃구깃한 침구가 깔린 침대가 보였다. 또 바로 옆 두 개의 안락의자 위에는 둘둘 말린 드레스들이 산더미처럼 쌓여 있었다. 쭈글쭈글한 레이스와 주름 장식이 달린 옷자락, 소매 등은 양탄자 위에 늘어져 있었다. 양탄자 위에는 꼬아서 만든 끈과 담배꽁초 몇 개, 캐러멜 껍질들이 여기저기에 널려 있었다. 침대 아래에는 가지각색의 슬리퍼가 길게 줄지어 있었다. 어쩌면 재스민 향은 꽃이 아니라, 침대와 저 수많은 슬리퍼에서 풍겨 나오는 것인지도 몰랐다.

"그래, 어음 금액은 얼마지요?"

수산나 모이세예브나가 그에게 물었다.

"2,300루블입니다."

"아하, 그렇군요."

유대인 여자가 머리카락을 손으로 쓸어, 크고 검은 다른 한쪽 눈을 드러내면서 말했다.

"당신은 그렇게 많은 돈을 '조금'이라고 하시네요. 하긴 뭐, 오늘 갚아 드리나 1주일 뒤에 갚아 드리나 마찬가지지요. 사실 아버지가 돌아가신 뒤, 두 달 동안 지급해야 할 돈이 너무나 많았답니다. 곧 외국에 나가 보아야 하는데, 쓸데없는 일들이 잔뜩 쌓여 있어서 머리가 돌 지경이에요. 온갖 바보 같은 일들이 넘쳐 나네요. 보드카, 귀리 등등⋯⋯."

그녀는 눈을 반쯤 감은 채 다시 중얼거리기 시작했다.

"귀리다, 어음이다, 이자다⋯⋯. 우리 집사는 '리자'라고 하는데 정말이지 끔찍하다고요. 어제는 세무사를 집 밖으로 내쫓아 버렸어요. 납세 고지서를 가지고 지겹게 달라붙는 거예요. 그래서 내가 쏘아 붙였지요. 앞으로 아무도 안 만날 테니 당신, 당신 그 고지서를 가지고 악마한테나 꺼져 버려요. 그런데 세무사는 내 손에 입을 맞추고는 아무 소리도 하지 않고 가 버리더군요. 이봐요. 당신 형님도 혹시 두세 달쯤 더 기다려 줄 수는 없을까요?"

"그건 좀 곤란합니다⋯⋯."

중위가 웃으며 말했다.

"형님은 1년이라도 기다릴 수 있겠지요. 하지만 저는 기다릴 수가 없습니다. 사실 제가 고생하는 건 제 일 때문입니다. 저는 지금 당장 돈이 필요합니다. 그런데 안타깝게도 형님에게는 한 푼의 여윳돈도 남아 있지 않았답니다. 그래서 저는 할 수 없이 여기저기를 돌아다니면서 그동안 밀려 있던 돈을 받아 내고 있지요. 방금 전에는 돈을 꾸어 간 농부의 집에 갔었고, 지금은 이렇게 아가씨 댁에 있습니다. 곧이어 또다시 어딘가로 가야겠지요. 5,000루블을 모을 때까지 말입니다."

"아이, 정말로……. 그만하세요. 젊은 사람이 도대체 어디에 그렇게 큰돈이 필요한 거지요? 변덕이나 장난질 때문일거란 생각이 드네요. 그것도 아니면 유흥으로 돈을 날렸거나, 아니면 도박해서 돈을 잃었거나, 아니면 결혼이라도 하는 건가요? 그중에 뭐가 정답이에요?"

"아, 바로 맞히셨습니다."

중위는 웃음을 터뜨리고는 몸을 일으켜 박차 소리를 낸다.

"네, 맞아요. 결혼하려고 합니다."

수산나 모이세예브나는 중위를 물끄러미 바라보았다. 그러고 나서 얼굴을 찡그리며 한숨을 내쉬었다.

"왜 남자들은 그렇게들 결혼하려고 하는지 도무지 이해가 가지 않아요."

그녀는 곁에 둔 손수건을 찾으며 말했다.

"인생은 짧고, 우리가 누려야 할 자유는 한정되어 있어요.

그런데 그것도 모자라 자기 스스로 족쇄를 채우려고 들다니……."

"제각기 자신만의 생각이 있는 법이지요……."

"물론 그래요. 그럴 수 있어요. 누구에게나 자신만의 판단과 생각이 있는 법이지요. 그런데 당신은 혹시 가난한 여자와 결혼하려는 건가요? 열정적인 사랑 때문에? 왜 당신한테 3,000도 4,000도 아닌, 5,000루블이 꼭 필요한 거지요?"

'제기랄, 정말로 엄청나게 수다스러운 여자로군.'

중위는 이렇게 생각하며 말했다.

"문제는 이렇습니다. 우리 군법에 따르면, 장교는 스물여덟 살 이전에는 결혼할 수 없습니다. 정 결혼하고 싶으면 장교를 그만두거나, 5,000루블의 보증금을 예치해 두어야 합니다."

"아하, 이제야 알겠네요. 지금 당신은 사람마다 나름의 판단과 생각이 있다고 했지요? 당신의 신부는 무척 특별하고 아름다운 분이신가 봐요. 하지만 나는 정신이 제대로 박혀 있는 남자가 어떻게 여자와 함께 살 수 있는지, 도무지 이해가 가지 않네요. 나는 하느님의 은총으로 지금까지 27년이나 살고 있지만요. 정말 지금까지 살아오면서, 좋은 여자를 한 번도 만나 본 적이 없어요. 모두 새침데기에다가 부도덕한 것은 물론이고, 뒷구멍으로 호박씨를 까는 거짓말쟁이들이에요.

하녀들이나 부엌일을 하는 여자들은 그래도 나은 편이에요. 소위 숙녀라고 불리는, 그런 여자들이 문제예요. 그래서 나는 그런 여자들은 아예 상종하지 않아요. 그 여자들도 나를 싫어해서 아주 천만다행이지 뭐예요. 돈이 필요하면 남편에게 바가지를 긁어서 얻어 낼 뿐이지, 절대로 스스로 나서는 법이 없지요. 자존심 때문만은 아니에요. 모두 자신 없고 겁이 나서 그러는 거예요. 내가 무슨 대단한 스캔들이라도 일으킬까 봐 무서워하는 거지요. 나는 그 여자들이 왜 그리도 나를 미워하는지, 그 까닭을 잘 알아요. 어쩌면 당연한 일이지요. 나는 그 여자들이 있는 힘을 다해서 하느님과 사람들에게 숨기려 드는 것들을 아무 거리낌 없이 솔직하게 표현하니까요. 그러니 나를 미워하지 않을 수 있겠어요? 아마 당신에게도 내 흉을 많이 봤을 거예요."

"저는 최근에 이곳에 왔기 때문에……."

"아무 말도 하지 마세요……. 당신 눈을 보면 알 수 있어요. 당신 형수가 당신을 배웅하면서 아무 말도 하지 않았겠어요? 당신 같이 젊은 사람을 나 같은 여자한테 보내면서 조심하라고 하지 않았을까요? 그건 말도 안 되는 소리지요. 하하하……. 그럼, 당신 형은 어떻고요? 당신 형은 아주 멋지더군요. 미남이고……. 낮 예배 시간에 몇 번 본 적이 있지요. 아니, 왜 그런 눈으로 나를 보나요? 이래 봬도 나는 교회에 잘

나가요. 우리가 믿는 하느님은 같으니까요……. 교양 있는 사람에게는 외모보다 마음이 더 중요하지요. 안 그래요?"

"네, 물론이지요……."

중위가 미소를 띠며 말했다.

"그래요, 내용이 더욱 중요하지요. 그런데 형과는 전혀 닮지 않으셨네요. 당신도 잘생기셨지만, 형이 훨씬 더 미남이세요. 그러고 보니, 둘은 전혀 닮지 않았어요."

"당연하지요. 우리는 친형제가 아니라 사촌지간이거든요."

"아아, 그렇군요. 그런데 오늘 당장 꼭 돈이 필요하다는 말씀이시지요? 왜 오늘 당장 필요한 건가요?"

"휴가가 곧 끝납니다. 2, 3일밖에는 남지 않았어요."

"그렇군요. 그럼 어떡하면 좋을까요."

수산나 모이세예브나가 한숨을 내쉬며 말했다.

"돈을 드릴 수밖에 없네요. 도저히 방법이 없잖아요. 물론 나중에는 나를 욕하실 게 분명해요. 나도 그런 정도는 알고 있어요. 결혼한 후 부부 싸움을 할 때 이렇게 생각하실 거예요. '그 미친 유대 년이 그때 그 돈을 주지 않았다면, 난 여전히 하늘을 날아다니는 새처럼 자유로울 텐데……' 하고 말이지요. 그런데…… 당신의 신부는 예쁜가요?"

"네, 뭐 괜찮습니다."

"음……. 어찌 되었든 간에 전혀 내세울 것이 없는 것보다야 얼굴이 좀 예쁘기라도 하면 다행이겠군요. 하기야 제아무리 뛰어난 미모를 가졌다고 하더라도, 여자의 무가치함을 보상해 줄 수는 없는 법이랍니다."

"거 참 이상한 이야기를 하시는군요."

중위는 그만 웃음을 터뜨렸다.

"본인도 여자이면서, 여성을 혐오하는 발언만 하시네요."

"여자라……."

수산나는 이상야릇한 미소를 지었다.

"내가 여자란 껍질을 입고 태어난 것을 두고, 내가 죄를 지었다고 할 수는 없잖아요. 안 그래요? 만일 당신한테 수염이 있는 것을 두고 당신이 죄를 지었다고 한다면, 뭐 이것 역시 나의 죄가 되겠지만 말이에요. 나는 자존심이 매우 강한 편이지만, 누군가가 내가 여자란 사실을 상기시킬 때면, 그때부터 나 자신을 증오하게 되지요. 어찌 되었든, 이제 여기서 나가 주시겠어요? 옷을 갈아입어야 하니까요……. 응접실에서 잠시만 기다려 주실래요?"

중위는 여자의 방에서 나오자마자 크게 심호흡을 했다. 지독한 재스민 향기로 말미암아 머리가 어지러웠고, 목구멍까지 간질거렸기 때문이었다.

몹시 당황한 그는 주변을 둘러보면서 생각했다.

'참 괴상한 여자로군. 말은 무척 재미있게 잘하지만, 말이 너무 많고 노골적이야. 아마도 정신병 기질이 있는 게 분명해.'

그가 서 있는 응접실의 내부 장식은 유행을 좇아 사치스럽고 화려했다. 탁자 위에는 니스와 라인강의 풍경을 어두운 빛깔에 담아 그린, 청동 쟁반이 놓여 있었다. 고풍스러운 촛대와 일본풍 골동품 조각상도 보였다. 하지만 이런 부조화한 장식품들이 오히려 집 안의 품위를 떨어뜨리고 있었다.

금박을 입힌 커튼 고리, 알록달록한 벽지, 짙은 빛깔의 책상보, 두꺼운 액자에 담긴 조악한 크롬 석판화 등은 오히려 그녀의 안목 없는 화려한 취향만을 드러냈다. 이러한 부조화는 무언가 지나친 것이 많아서, 많은 것이 버려져야 함에도 자리를 지키고 있었다. 역설적이게도 이곳에 필요한 것은 그런 끔찍한 취향에서 비롯된 것처럼 보였다. 통일성 있게 한 번에 장식을 마무리한 것이 아니라, 무언가 돈이 되거나 염가로 판매할 때 갑자기 사들인 물건들로 그때마다 부분적으로 장식한 것 같은 싸구려 느낌을 주었다.

중위도 실내 장식에 대해서는 별다른 조예가 없었다. 하지만 그런 그조차도 방 안의 장식이 사치 면에서 보나 유행 면에서 보나, 하나의 치명적인 결함을 가졌다는 사실을 바로 눈치챌 수 있었다. 방에서 느껴져야 할 따뜻함과 안락한 서정성을 찾아볼 길이 전혀 없었다. 다시 말해, 안주인의 따스한 손 길이 전혀 느껴지지 않았다. 마치 정거장 대기실이나 클럽, 또는 극장 로비에서처럼 차가운 기운이 느껴질 뿐이었다.

방 안에서 유대인과 관련된 것을 찾으려면, 야곱과 이삭이 만나는 장면을 그린 커다란 그림 한 점뿐이었다. 중위는 주위를 둘러보았다. 그는 어깨를 으쓱거리고 나서, 오늘 처음 알게 된 이상한 여인과 그녀의 자유분방하면서도 뻔뻔한 말버릇을 떠올렸다. 바로 그 순간, 문이 열렸고 그녀가 나타났다. 그녀는 허리를 잘록하게 드러낸, 길고 검은 드레스를 입고 있었다. 마치 조각처럼 날씬한 몸매가 드러나 있었다. 중위는 이번에는 그녀의 눈과 코뿐만 아니라 희고 야윈 얼굴, 양털처럼 고불고불한 검은 곱슬머리도 볼 수 있었다. 물론 예쁜 얼굴이었지만, 그의 마음에는 썩 들지 않았다. 중위는 평소에 러시아인이 아닌, 외국인의 외모에 대한 편견을 가지고 있었다. 게다가 그는 이 집 여주인의 검은 곱슬머리와 숱 많은 눈썹이 흰 얼굴색과 전혀 어울리지 않는다고 생각했다. 지나치게 흰 그녀의 얼굴을 보자마자, 중위는 진저리를 칠 만큼 독한 재스민 향이 떠올랐다. 마치 양초 밀랍을 떠낸 것처럼 투명하고 흰 그녀의 귀와 코는 죽은 자의 것처럼 창백해 보였기 때문이었다.

'황달에 걸린 건 아닐까?'

그는 생각했다.

'아마 칠면조처럼 굉장히 변덕스러운 여자일 거야.'

"오래 기다리셨지요? 자, 이렇게 왔습니다. 이리 따라오세요."

그녀는 먼저 앞장서서 갔다. 가는 길 내내, 그녀는 보이는 꽃들의 노란 잎을 뜯으며 말했다.

"지금 당장 돈을 드리지요. 원하시면 점심 식사도 대접하겠습니다. 2,300루블이라고 하셨지요? 일단 돈을 받으신 뒤에 배불리 드세요. 그런데 이 방은 마음에 드셨나요? 이 고장 아가씨들은 내게서 마늘 냄새가 난다더군요. 그 여자들의 지독한 독설이지요. 그건 정말로 전혀 터무니없는 소리랍니다. 나는 마늘을 우리 집 창고에 두지 않아요. 한번은 의사가 우리 집에 왕진을 왔었지요. 그런데 그가 쓰고 온 모자에서 마늘 냄새가 심하게 나서, 어서 밖으로 나가라며 쫓아낸 적이 있답니다. 지금 생각해 보니, 그 냄새는 마늘 냄새가 아니라 약 냄새였어요. 우리 아버지는 중풍으로 1년 반이나 누워 계셨거든요. 사실 온 집 안에 약 냄새가 진동했지요. 아버지가 가엾긴 했지만, 그래도 돌아가시길 잘했다고 생각해요. 너무 고통스러워하셨거든요."

그녀는 중위를 안내하며 응접실을 닮은 두 개의 방과 홀을 지났다. 그녀는 그를 자신의 서재로 데려갔다. 서재에는 자그마한 장식품들을 어지러이 늘어놓은 여성용 책상이 하나 놓여 있었다. 또 책상 근처의 방바닥에는 페이지를 접은 책 몇 권이 펼쳐져서 나뒹굴고 있었다. 옆방으로 통하는 작은 문 사이로 점심 식사가 차려진 식탁이 보였다.

수산나는 쉴 새 없이 재잘댔다. 잠시 뒤, 그녀는 호주머니에서 작은 열쇠 꾸러미를 꺼내어 그중 한 열쇠로 뚜껑이 비스듬히 붙어 있는 함을 열었다. 뚜껑이 열리자, 함 안에서 애잔한 멜로디가 흘러나왔다. 중위는 그 소리를 들으면서 오르페우스(그리스 신화에 나오는 시인이자 음악가. 하프의 명수임)의 하프 소리를 떠올렸다. 그녀는 열쇠 하나를 더 꺼내서 열쇠 돌리는 소리를 두 번씩이나 더 냈다.

"우리 집에는 지하 통로도 있고, 비밀 출입구도 있어요."

그녀는 모로코 양가죽으로 만든 작은 서류 손가방을 꺼내며 말했다.

"이상하게 생긴 함이에요. 그렇지요? 이 손가방 안에는 내 재산의 4분의 1이 들어 있어요. 자, 보세요. 배가 불룩해 보이지요? 어디 한번 내 목을 졸라서 죽여 보시지요?"

수산나는 착한 눈매로 중위를 바라보더니 명랑하게 웃었다. 중위도 그만 웃음을 터뜨렸다.

'그러고 보니 참 멋진 여자군.'

그는 그녀의 손가락 사이에서 연신 움직이고 있는 열쇠 꾸러미를 보며 생각했다.

"아아, 여기에 있었네요."

그녀가 서류 가방용 열쇠를 찾은 뒤에 말했다.

"채권자님, 이제 어음을 위에 올려놓으세요. 돈이란 건 정말 무의미한 물건이지요. 얼마나 간사한 물건인지 몰라요. 하지만 여자들은 이걸 엄청나게 사랑하지요. 아시다시피 나는 유대인이에요. 슈물리나 양켈리(러시아 작가인 니콜라이 고골의 작품에 등장하는 인색한 유대인)를 좋아하긴 하지만, 돈벌이에만 눈이 어두운 우리 셈족의 피가 정말 싫어요. 돈을 벌어서 꽁꽁 뭉쳐 두면서도, 무엇 때문에 그렇게 하는지 자기 자신도 모르거든요. 마음껏 삶을 즐길 줄 알아야 할 텐데, 그들은 단돈 한 푼에도 벌벌 떤단 말이에요. 그리고 보면, 나는 슈물리보다 경기병을 더 닮았다고나 할까요. 돈을 꽉 움켜쥐고 있는 걸 무척 싫어하거든요. 나는 유대인답지 않은 데가 많다고 생각해요. 어떤가요? 말할 때 내 억양이 너무 강하게 들리지는 않나요?"

"어떻게 대답해야 좋을까요?"

중위는 망설이다가 입을 열었다.

"음…… 말은 잘하시는 편이지만, 발음에는 좀 문제가 있어요."

수산나는 웃음을 터뜨렸다. 그러고는 서류 가방에 달린 열쇠 구멍에다가 열쇠를 집어넣었다. 중위는 호주머니에서 어음 증서 뭉치를 꺼내어 수첩과 함께 탁자 위에 올려놓았다.

"억양만큼 유대인임을 드러내 주는 표현은 없지요."

그녀는 밝고 유쾌한 얼굴로 중위를 바라보며 말을 이었다.

"아무리 러시아인이나 프랑스인인 척해도 '푸흐(솜털)'라고 한번 발음을 시켜 보세요. 그럼 아마 '페흐'라고 발음할 거예요. 하지만 나는 정확하게 발음할 수 있어요. 푸흐, 푸흐, 푸흐……."

두 사람은 소리를 내어 함께 웃었다.

'참 볼수록 매력적인 여자야.'

소콜스키는 생각했다.

수산나는 서류 가방을 의자에 놓고 나서, 중위 쪽으로 한 걸음 다가왔다. 그녀는 그를 바라보면서 밝은 목소리로 말했다.

"나는 유대인 다음으로 러시아인과 프랑스인을 좋아해요. 중학교에 다닐 때, 역사 공부를 썩 잘하지 못해서 잘 모르지만요. 지구의 운명은 이 두 민족의 손에 달렸다고 생각해요. 나는 외국에서 오래 살았어요. 마드리드에서도 반년 정도 살았고요……. 그렇게 사람들을 많이 만난 뒤에 하나의 결론을 내렸지요. 러시아인과 프랑스인을 제외하고, 제대로 된 민족은 없다는 결론 말이에요. 여러 나라의 언어를 한번 생각해 보세요. 독일어는 말[馬]들이 부르짖는 소리 같지요. 영어보다 더 멍청한 말은 생각해 낼 수도 없을 거예요. 파이트, 피트, 퓨이트! 이탈리아어는 그래도 천천히 말할 때는 그런대로 들을 수 있어요. 하지만 이탈리아 여자들이 수다 떠는 걸 듣고 있노라면, 유대인의 사투리와 다를 것이 하나도 없어요. 폴란드어는 어떨까요? 말도 하지 마세요. 그것보다 최악의 언어는 없을 거예요. '네 펩쉬, 페트쉐, 펩쉠 펩샤, 보 모줴쉬 프쉐페프쉬츠 벱샤 펩쉠.' 이게 무슨 뜻인지 아세요? '표트르야, 후추로 아기 돼지고기를 간하지 마. 과하게 후추 간을 할 수 있으니 그러지 마.'라는 말이에요. 하하하⋯⋯."

수산나 모이세예브나가 눈을 굴리며 신나서 웃어 대는 바람에, 중위도 그녀를 바라보며 큰 소리로 웃었다. 그녀는 손님의 단추를 붙잡고 나서 말을 이어 나갔다.

"물론 당신은 유대인들을 좋아하지 않으시겠지요. 이런 이야기로 이러쿵저러쿵 떠들기는 싫어요. 모든 민족이 그렇듯, 우리도 단점이 많으니까요. 하지만 그게 유대인의 잘못일까요? 아니지요. 그렇지 않아요. 유대인들이 나쁜 게 아니라, 유대 여자들이 나쁜 거예요. 영리하지 못하고, 탐욕스러우며, 아름다운 마음이라고는 조금도 없는 따분한 여자들이지요. 유대 여자와 살아 보신 적이 없으니, 얼마나 그녀들이 이상야릇한 여자들인지 모르실 거예요."

수산나 모이세예브나는 말꼬리를 유난히 길게 발음했다. 그런데 그녀의 표정에서는 지금까지의 열정이나 웃음을 전혀 찾아볼 수 없었다. 그녀는 자신의 거침없는 솔직함에 자기 자신도 놀란 듯이 급히 말을 멈추었다. 갑자기 그녀의 얼굴은 이해할 수 없이 기괴하고 이상한 모습으로 일그러졌다. 그녀는 눈도 깜짝하지 않고, 중위를 뚫어져라 바라보았다. 그녀는 입술을 살짝 벌린 채 이를 앙다물고 있었다. 그녀의 얼굴 전체와 목, 가슴에는 사악한 고양이의 모습이 드러났다. 그녀는 손님에게서 눈을 떼지 않은 채 재빨리 몸을 옆으로 구부리더니, 진짜로 고양이처럼 빠르게 탁자 위에 놓여 있는 무언가를 움켜쥐었다. 그 모든 일은 몇 초 사이에 벌어졌다. 그녀가 움직이는 모습을 지켜보던 중위의 눈앞에는 어느새 흰 종이가 있었다. 중위는 그녀의 손아귀로 들어간 어음 종이가 그녀의 손아귀에 갇혀 구겨지는 모습을 보았다. 중위는 그녀의 밝고 착한 웃음이 범죄 행위로 빠르게 이어지는 기이한 광경을 보고는 무척 놀랐다. 그래서 그는 얼굴이 하얗게 질려서 한 발짝 물러나기까지 했다.

수산나는 겁에 질린 채 무언가를 물어보려는 듯한 중위의 모습을 살펴보았다. 그러고는 자신의 움켜쥔 주먹으로 허벅지 안쪽에 있는 자신의 호주머니를 찾았다. 그녀의 주먹은 물 밖에 나온 물고기처럼 호주머니 근처에서 팔딱거렸다. 무진장 애를 썼지만, 그녀의 주먹은 호주머니 속으로 들어가지 못했다. 얼마 지나지 않아, 어음 종이가 그녀의 원피스의 비밀스러운 곳으로 사라질 뻔한 바로 그 순간이었다. 중위는 짧은 비명을 내지르며 이성보다는 본능에 이끌려 유대 여자의 팔을 있는 힘껏 꼭 붙잡았다. 여자는 더 세게 이를 앙다물며, 사력을 다해 몸부림쳐서 자신의 팔을 결국 빼냈다. 그러자 소콜스키는 한쪽 팔로는 그녀의 허리를 단단히 끌어안고, 다른 한쪽 팔로는 그녀의 가슴을 꼭 붙잡았다. 그렇게 그들의 전투가 시작되었다. 그는 그녀를 모욕하거나 아프게 할까 봐 조심히 그녀를 붙든 채, 어음 종이를 쥐고 있던 그녀의 주먹을 붙잡으려고 무진장 애썼다. 하지만 그녀는 유연한 장어처럼 몸을 펄떡거리면서 중위의 손아귀에서 벗어나려고 했다. 그녀의 팔꿈치는 그의 가슴을 쳤고, 그녀의 손톱은 그의 몸을 할퀴었다. 결국 그는 그녀의 온몸을 더듬어 댔다. 그는 그녀를 아프게 한 것도 모자라, 그녀의 수치심을 완전히 자극할 수밖에 없었다.

'참 이상하게 일이 흘러가는군.'

소콜스키는 갑자기 벌어진 일에 놀라서 정신이 혼미해졌다. 그는 지금 자신에게 어떤 일이 벌어진 것인지도 모른 채, 그저 정신을 어지럽게 하는 재스민 향기만을 맡아야 했다.

그들은 아무런 말도 하지 않은 채, 가구에 부딪혀 가면서 이곳저곳을 옮겨 다녔다. 수산나는 이 싸움에 자신의 온몸을 내던지고 있는 것 같았다. 그녀는 얼굴이 빨갛게 상기된 채, 눈을 지그시 감았다. 한번은 그녀 자신도 모르게 그녀의 얼굴이 중위의 얼굴에 세게 부딪쳤다. 그 짧은 순간에는 그의 입술에 달콤한 향기를 남기며 스쳐 가기도 했다. 결국 그는 그녀의 주먹을 잡아챘다. 그런데 그는 그녀의 손아귀에 어음 종이가 없다는 것을 알고 나서, 유대 여자를 풀어 주었다. 그들의 머리카락은 헝클어져 있었고, 얼굴은 벌겋게 상기되었다. 그들은 서로를 바라보며 연신 숨을 헐떡거렸다.

사악한 고양이 같았던 유대 여자의 얼굴에는 점차 상냥한 미소가 번져 갔다. 어느새 그녀는 신이 난 듯 큰 소리로 웃으며, 점심이 차려져 있는 옆방으로 향했다. 중위도 그녀의 뒤를 어슬렁거리며 따라갔다. 그녀는 여전히 벌겋게 상기된 채 숨을 헐떡거렸고, 식탁 위에 놓여 있던 와인을 단숨에 들이켰다.

"여보세요."

중위가 오랜 침묵을 깨며 말했다.

"전 당신이 장난을 치고 있다고 생각합니다. 그렇지요?"

"아니에요."

그녀는 빵 한 조각을 입에 넣으며 대답했다.

"음……. 그럼 이 모든 상황을 어떻게 설명하실 겁니까?"

"좋을 대로 해석하세요. 자, 이제 식사하시지요."

"하지만 이건 정말 말도 안 되는 짓입니다."

"그럴지도 모르지요. 하지만 내게 설교할 생각은 하지 마세요. 나한테는 사물을 판단하는 나만의 기준이 있으니까."

"그럼 어음은 돌려주지 않을 작정인가요?"

"네, 물론이지요. 가진 것 없는 가난뱅이 주제에 무슨 장가인가요?"

"하지만 그건 제 돈이 아니에요. 형의 돈입니다."

"그럼 당신 형은 왜 돈이 필요하지요? 마누라한테 유행하는 옷이라도 사 주려고요? 당신 형이 자기 마누라 옷을 사 주는 일은 내가 전혀 상관할 바가 아니지만 말이에요."

중위는 자신이 낯선 집에서 생판 모르는 여인과 함께 있다는 사실을 까맣게 잊고 있었다. 그는 더는 예의를 차리지 않았다. 그는 인상을 쓴 채, 방 안을 이리저리 걸어 다녔다. 그러면서 그는 신경질적으로 애꿎은 조끼만 손으로 자꾸 비벼 대고 있었다. 자신의 눈앞에서 유대 여자가 비열한 행동을 한이상, 체면을 차릴 이유가 하나도 없어진 셈이었다.

"이런 제길!"

그가 중얼거렸다.

"잘 들어요. 당신에게서 어음을 받아 내지 못한다면, 절대로 이곳에서 한 발자국도 움직이지 않을 겁니다."

"그럼 나는 더 좋지요."

수산나가 웃으면서 말했다.

"이곳에 남아서 함께 지낸다면, 나는 더없이 기쁠 것 같은데요?"

중위는 그녀와의 몸싸움으로 말미암아 잔뜩 흥분해 있었다. 그는 웃고 있는 수산나의 염치없는 얼굴과 음식을 씹고 있는 입, 숨을 헐떡거리는 가슴을 차례로 바라보았다. 그 후에 그는 예의라고는 찾아볼 수 없을 만큼 더욱 대범하고 뻔뻔하게 행동했다. 또 무엇 때문인지 어음에 대해서는 어느새 완전히 잊어버린 채, 유대 여자의 자유분방한 연애 행각과 그녀의 삶에 대해서 사촌 형이 들려준 이야기를 아주 또렷이 기억해 내기 시작했다. 머릿속에 떠오른 그러한 이야기들은 그의 뻔뻔한 행동을 더욱 부추겼다. 그는 매우 신경질적으로 유대 여자 곁에 바싹 붙어 앉았다. 그러고는 어음에 대해서는 완전히 잊은 채 음식을 먹기 시작했다.

"뭘 드릴까요? 보드카를 내 드릴까요, 아니면 포도주를 내 드릴까요?"

수산나가 웃으며 말을 이었다.

"그래, 어음을 기다리면서 여기에 쭉 머무르고 말겠다? 아이고, 불쌍해라. 몇 날 며칠을 기다리셔야 할 텐데요. 그러면 신부는 괜찮다고 할까요?"

2

오후 5시가 지났다. 중위의 사촌 형인 알렉세이 이바노비치 크류코프는 실내복을 입고 실내화를 신은 채, 집 안을 서성거리다가 조바심이 난 듯한 표정으로 연신 창밖을 내다보았다. 그는 유대 여자의 말처럼 키가 크고 건장하며, 검은 턱수염을 기른 매우 잘생긴 남자였다. 하지만 이미 허벅지에 군살이 붙어 피부가 늘어졌고, 머리가 듬성듬성 빠질 나이를 넘긴 남자였다. 그는 보통의 인텔리겐치아(지식층)가 갖고 있을 만한 지적인 기질과 소양을 지닌 사람이었다. 게다가 선량하고 원만한 인품을 지녔고, 제대로 된 교육을 받았으며, 과학, 예술, 종교 등에 대해 잘 알고 있음은 물론, 지극히 기사도적인 명예를 지닌 사람이었다. 하지만 어느 한 가지를 깊이 있게 파고드는 일이 없는, 약간은 가볍고 게으른 인물이었다. 그는 술과 노래를 좋아했고, 카드놀이 같은 것을 기가 막히게 잘하는 사람이었다. 하지만 그는 자신과 상관없는 일에는 전혀 나서지 않는 고집스러운 사람이어서, 그의 마음을 움직이려면 무언가 특별한 것이나 선동적인 일이어야만 했다. 만일 그런 일이 생기면, 그는 세상만사를 다 잊고 무척이나 왕성한 집중력을 보여 주곤 했다. 그는 흥분하면 종종 결투를 외치며, 장관에게 일곱 장에 달하는 청원서를 쓰곤 했다. 또한 말을 타고 이곳저곳을 거침없이 누빌 뿐 아니라, 공공연하게 타인을 '사기꾼'이라고 비난하며 재판에서 싸움을 벌이기도 했다.

"그런데 우리 사샤는 왜 아직 오지 않는 거야?"

그는 창밖을 바라보며 아내에게 물었다.

"저녁 먹을 시간이 다 되었다고."

크류코프 부부는 중위를 기다리다가 6시가 다 되어서야 식탁에 앉았다. 저녁 식사 시간이 되었을 때, 알렉세이 이바노비치는 밖에서 들려오는 발소리와 문 두드리는 소리에 온 신경을 기울였다. 그는 바깥에 귀를 기울이다가 알 수 없다는 듯한 표정을 지으며 어깨를 으쓱했다.

"참, 이상도 하군."

그가 말했다.

"그 녀석이 채무자한테 완전히 걸려들고 만 거야."

저녁 식사를 끝낸 후, 크류코프는 잠자리에 들며 생각했다. 그는 중위가 채무자의 집에 들렀다가 뜻하지 않게 한바탕 잔치를 벌인 다음, 결국 그곳에 남아 잠자고서 아침에야 집에 들어올 거라고 짐작했다.

크류코프가 짐작한 대로 중위는 다음 날 아침에 집에 돌아왔다. 기진맥진한 중위는 지친 얼굴에 당황한 기색도 역력했다.

"형, 형과 단둘이서 할 이야기가 있어."

그가 조용히 형을 부른 후 말했다.

그들은 서재로 들어갔다. 중위는 서재의 문을 잠그고 나서, 한참 동안 방 안을 이리저리 서성거렸다.

"형, 이 일에 대해 어떻게 말을 꺼내야 좋을지 모르겠어. 형은 도저히 믿기 어려운 이야기라……."

중위는 말을 조금 더듬거리더니 붉게 상기된 얼굴로 어음에 대한 이야기를 시작했다. 그는 형에게 눈길을 주지 않은 채 말하기 시작했다. 크류코프는 다리를 넓게 벌리고 서서 고개를 숙인 채 그의 이야기를 들었다. 그의 말을 다 들은 뒤, 크류코프는 인상을 썼다.

"아니, 그게 농담이야, 진담이야?"

그가 물었다.

"농담이라니. 내가 지금 농담하는 것처럼 보여?"

"나는 도무지 하나도 이해하지 못하겠어."

크류코프는 얼굴이 상기된 채 중얼거렸다.

"이건 말이야…… 정말로 말도 안 되는, 더럽고 부도덕한 일이라고. 그 여자가 네 눈앞에서 끔찍한 범죄를 저지르고 있는데, 너는 그 여자에게 키스하려고 달라붙었다고?"

"나도 잘 모르겠어. 어쩌다 이런 일이 벌어졌는지……."

중위는 형에게 미안한 듯 눈을 깜박이며 작은 목소리로 말했다.

"정말 나도 모르겠어. 나는 지금껏 그런 괴물 같은 여자는 처음 봤어. 그 여잔 말이야. 미모나 지성미가 아니라, 그걸 뭐라고 하지? 뻔뻔스러움과 치사함으로 사람을 휘어잡는……."

"뻔뻔스러움과 치사함이라……. 너, 정말로 순진하구나. 그렇게 뻔뻔스러움과 치사함을 원한다면, 통통에서 돼지를 잡아서 날것으로 먹으면 될 것 아니냐. 그렇게 하면 돈은 덜 들 테니까. 야, 이건 2,300루블짜리 일이야."

"말씀이 너무 지나치시네."

중위가 인상을 쓰면서 말했다.

"그 2,300루블, 내가 갚아 주면 되잖아."

"당연히 네가 그 돈을 갚아야 하겠지. 나도 잘 알고 있어. 하지만 지금 이 문제가 돈 문제뿐이라고 생각하니? 그까짓

돈이라면 악마에게나 줘 버려! 정말로 날 질리게 하는 건 바로 네놈의 어리석은 행동과 무기력함과 나약함이라고. 아무 짝에도 쓸모없는 이 소심함이라니. 네가 그러고도 결혼을 앞둔 신랑이니? 결혼할 신부가 있는 신랑이냐고?"

"제발 그 말은 하지 마."

중위의 얼굴이 순식간에 붉어졌다.

"내가 생각해도, 지금 내가 얼마나 비참하게 여겨지는지 몰라. 당장 땅속으로 들어가 숨고 싶다고…… 숙모에게 가서 5,000루블을 달라고 졸졸 따라다녀야 할 걸 생각하면, 기가 막힐 뿐이야."

크류코프는 화가 나서 오랫동안 불평을 늘어놓았다. 그는 마음을 조금 진정시킨 뒤, 소파에 앉아서 키득거리면서 동생을 놀려 대기 시작했다.

"어이, 육군 중위 양반아!"

그가 실실 비웃는 듯이 말했다.

"어이, 신랑아!"

그는 갑자기 뭔가에 홀린 듯이 일어서더니, 발을 쾅쾅 구르며 서재 안을 돌아다니기 시작했다.

"이러면 안 되지. 일이 이렇게 흘러가게 가만두지 않겠어."

그가 허공에 주먹을 휘두르며 소리를 질렀다.

"어음을 돌려받아 오겠어. 반드시 돌려받을 거야. 그러고 나서 그 여자를 꼭 감옥에 처넣을 거라고. 그녀를 때릴 수야 없겠지만, 아주 병신을 만들어 버리겠어. 완전히 끝장을 낼 거라고. 나는 육군 중위가 아니니까, 그 뻔뻔스러움과 치사함으로 나를 건드릴 수는 없지. 아니, 절대로 그렇게는 안 되지."

그가 고함을 질렀다.

"거기 누구 없어? 지금 당장 마차를 준비시켜!"

크류코프는 서둘러 옷을 입었다. 그러고는 걱정하는 중위의 말을 뒤로한 채 마차에 올라탔다. 그는 뒤도 돌아보지 않은 채 수산나 모이세예브나에게 향했다.

중위는 창밖으로 오랫동안 형의 마차가 지난 자리에서 일어나는 먼지를 바라보았다. 그는 기지개를 켜고 하품하더니, 자기 방으로 들어가 버렸다. 그는 15분도 지나지 않아 아주 깊은 잠에 빠져들었다.

하인들이 6시 식사 시간이 되어서야 그를 깨웠다.

"형님이 참 자상도 하죠?"

식당에서 그의 형수가 그를 보며 말했다.

"저녁 식사 시간에 이렇게 늦으니까요."

"어? 형이 아직 안 왔어요?"

중위가 하품하면서 말했다.

"음…… 아직 채무자 집에 머물러 있는 것 같아요."

크류코프는 저녁 식사 시간이 되었는데도 돌아오지 않았

다. 그의 아내와 소콜스키는 크류코프가 채무자의 집에서 카드놀이에 빠졌고, 결국 그곳에서 잔 후 내일 아침에 올 거라고 결론을 내렸다. 전혀 생각지도 못한 일이 일어난 것이었다.

그들이 짐작한 대로, 크류코프는 다음 날 아침에야 집으로 돌아왔다. 그는 그 누구와도 인사를 나누지 않은 채, 자기 서재로 조용히 들어갔다.

"어떻게 된 거야?"

중위가 큰 눈으로 그를 바라보며 물었다.

크류코프는 손을 내저으며 웃었다.

"아니, 왜 웃고 그래? 도대체 어떤 일이 일어났던 거야?"

크류코프는 소파에 쓰러지듯이 누웠다. 그는 쿠션에 머리를 박은 채로 웃음을 참느라 진저리를 치고 있었다. 잠시 후, 그는 고개를 들었다. 그는 너무 웃어서 눈물이 고인 채로 놀란 중위를 바라보며 말하기 시작했다.

"저 문 좀 닫아. 대단한 여자더구먼. 너한테만 이야기해 주지."

"어음은 받아 왔어?"

크류코프는 손을 내저으며 다시 웃기 시작했다.

"내 얘길 들어 봐. 정말로 그녀는 대단한 여자야."

그가 계속해서 말을 이었다.

"암튼 고마워. 네 덕분에 그 여자를 알게 되어서 고맙다. 그 여자는 말 그대로 치마를 두른 악마더군. 나는 그 집에 들어 가자마자, 아주 단단히 조심성을 갖추었지. 무슨 큰일이라도 치를 사람처럼 말이지. 그렇게 인상을 쓰고 들어가서는 겁을 주려고 주먹도 불끈 쥐었단 말이야. '나한테 그런 장난질은 안 통한다고요.'라는 식의 말들을 늘어놓으면서 말이지. 또 '법원에 당신을 끌고 갈 거다.', '시장에게 당신을 고발하겠다.' 면서 그녀를 위협했어. 처음에 그 여자는 울음을 터뜨리면서 너에게는 정말로 장난을 친 거라고 하더군. 그러면서 돈을 돌 려주겠다고 나를 데리고 갔어. 그런데 갑자기 유럽의 운명이 러시아인과 프랑스인의 손에 달려 있다는 걸 증명하기 시작 했지. 그러고는 모든 여자를 완전히 싸잡아서 욕하더군. 나도 너와 마찬가지로 그 말에 홀려서 듣고 있었던 거야. 완전히 그녀의 함정에 빠져서 말이지. 그러고는 내 아름다움에 대해 한참 찬양하는 말을 늘어놓더구나. 또 내가 얼마나 기운이 센 지 보겠다며, 내 팔뚝을 슬슬 만지는 거야……. 그러고는 너 도 알겠지만, 지금에서야 그 여자에게서 빠져 나올 수 있었다 고. 하하하……. 그런데 그 여자가 나를 완전히 좋아하더군."

"참으로 훌륭도 하시군요."

중위가 웃음을 터뜨리며 형을 비꼬았다.

"아내가 있는 기혼자가 말이야. 부끄럽고 끔찍하지 않아?

형, 농담이 아니라 이 고장에 진짜 타마라 황녀가 한 분 생긴 모양이야……."

"우리 고장에 뭐가 생겼다고? 아마 러시아 전체를 몽땅 다 뒤져도 그런 여자는 찾아볼 수 없을 거야. 나는 지금까지 그런 여자를 만나 본 적이 없어. 사실 내가 이 분야로는 그래도 전문가 아니냐. 나는 이미 수많은 마녀를 두루 만나 보았다고 생각했는데, 어림도 없는 생각이었어. 완전히 뻔뻔스러움과 치사함으로 사람을 휘어잡아 버리더군.

그 여자에게는 사람을 끌어당기는 이상한 마력이 숨어 있단 말이야. 그 누구도 생각하지 못한 반전, 넘치는 색기, 몰염치한 저돌성은 정말……. 어휴……. 어음은 이미 날려 버렸다고. 그냥 없어졌다고 치자. 너나 나나 죄를 짓기는 마찬가지 아니냐. 그냥 죄도 반으로 나누자. 네가 갚을 돈은 2,300루블이 아니라 그 반이야. 그런데 네 형수 앞에서는 절대 채무자한테 갔다 왔단 말은 하지 마라. 절대로……."

크류코프와 중위는 쿠션에 머리를 박고, 배를 움켜쥐며 웃었다. 머리를 들어 서로를 바라보다가 다시 쿠션에 머리를 파묻고 말았다.

"신랑님아, 중위님아!"

크류코프가 동생을 놀렸다.

"지아비야, 이 집의 존경받는 훌륭한 가장아!"

소콜스키가 대답했다.

그들은 점심을 먹으면서도 서로 눈짓을 주고받으며 이런 대화를 했다. 간간이 웃음이 터지는 바람에 냅킨으로 입을 가린 채 킥킥거렸고, 곧 식구들을 당황하게 했다. 그들은 식사가 끝난 뒤에도 여전히 유쾌한 기분이 들어 어린아이처럼 굴었다. 그들은 터키인 옷을 차려입고 엽총을 든 채로, 서로를 쫓으면서 전쟁놀이를 하곤 했다. 저녁이 되어서야, 그들은 오랫동안 논쟁을 벌였다. 중위는 열정적인 사랑에 빠져서 결혼한 경우에도, 아내에게서 지참금을 받는 것은 비열하면서 저급한 일이라고 말했다. 크류코프는 주먹으로 책상을 탕 치며 그런 주장은 부조리한 일일 뿐이며, 아내가 재산을 갖는 것을 싫어하는 남편은 전제 군주나 다름없는 이기주의자라고 했다. 두 사람은 고함을 높여 가며 화를 냈다. 또 서로를 이해하지 못한 채, 흥분해 폭음했다. 결국 두 사람은 실내복을 입고 나서 각자의 침실로 들어갔다. 그러고 나서 금세 아주 깊은 잠에 빠져 들었다.

그들은 예전처럼 아무 문제 없이 순탄한 삶을 계속 이어 갔다. 하지만 땅 위에는 검은 그림자가, 구름 속에서는 천둥소리가 무섭게 우르릉거렸다. 무언가를 보여 주려고 하는 듯, 바람이 구슬픈 울음소리를 내곤 했다. 하지만 이 모든 것도 그들의 평탄한 삶을 깨어 버릴 수는 없었다. 그들은 수산나 모이세예브나와 어음에 관한 그 어떤 이야기도 입 밖에 내지 않았다. 그 이야기를 다시 꺼낸다는 게 어쩐지 부끄러웠기 때문이었다. 그 대신 그들은 갑작스럽게 이야기가 흘러가는 재미난 소극처럼 그녀를 즐겁게 떠올리곤 했다. 그들에게 있어 그 기이한 이야기는 분명 나이가 더 들고 나면 유쾌하게 떠올릴 수 있을 만한 매우 좋은 추억거리가 될 것은 분명해 보였다.

그들이 유대 여자를 만난 지 6일, 혹은 7일째 되던 날 아침이었다. 크류코프는 서재에 앉아 숙모에게 축하 편지를 썼다. 알렉산드르 그리고리예비치는 아무 말 없이 그 곁을 서성였다. 그는 밤새 잠을 설쳤다. 게다가 상쾌하지 않은 기분으로 잠에서 깼기 때문에 몹시 우울했다. 그는 형 주변을 마냥 맴돌았다. 그는 자신의 휴가 기간이 끝났다는 생각과 자신을 기다리는 신부에 대한 생각, 또 이 지루한 시골에서 어떤 생각과 방법으로 평생을 살아갈 수 있을지를 고민했다. 그는 아주 오랫동안 창가에 서서 나무들을 바라보며 줄담배 세 대를 피웠다. 그러고 나서 갑자기 형 쪽으로 몸을 돌렸다.

"형, 부탁이 있어."

그가 말했다.

"오늘 말 좀 빌려줘."

크류코프는 의심스러운 표정으로 중위를 바라보았다. 그

러더니 얼굴을 찌푸린 채 편지를 써 내려가기 시작했다.

"빌려줄 수 있는 거지?"

중위가 다시 물었다.

크류코프는 다시 한번 동생을 쳐다보고 나서, 책상 서랍을 천천히 열었다. 그러고는 두툼한 돈뭉치를 꺼내서 중위에게 주었다.

"여기 있다. 5,000루블이야."

그가 말했다.

"내 돈은 아니야. 하지만 어찌 되었든 상관없지. 아무튼 지금 당장 역마를 불러서 이곳을 떠나라. 이게 내 충고란다. 알겠니?"

중위는 의심스러운 눈빛으로 크류코프를 보고 나서, 갑자기 웃어 대기 시작했다.

"형이 내 속을 들여다보고 있는 것 같아."

그가 얼굴을 붉히며 말했다.

"내가 그 여자에게 가고 싶어 했던 것 말이야. 세탁부가 어제저녁에 그날 입었던 여름 제복을 가져다주었어. 그런데 거기서 그 재스민 냄새가 풍겨 나오는 거야. 그 냄새를 맡으니 엄청나게 생각나더라고."

"떠나, 당장."

"그래, 형 말이 맞아. 정말 떠날 거야. 그래, 오늘 갈 거야.

무슨 일이 있더라도 갈 거야. 살다 보면 언제나 떠날 때가 오는 법…… 알았어, 떠날게."

점심 식사 전에 역마가 도착했다. 중위는 크류코프와 인사를 나누고 나서, 그들의 배웅을 받으며 떠났다.

그렇게 1주일이 지났다. 날씨가 음산하면서도 답답한 날이었다. 크류코프는 이른 아침부터 그냥저냥 할 일 없이 이방 저 방을 돌아다녔다. 그러고는 연신 창밖을 뚫어져라 내다보았다. 또 아주 오래전에 던져두었던 오래된 앨범을 뒤적였다. 아내와 아이들이 눈앞에 보이기만 하면, 갑자기 신경질을 내면서 잔소리를 늘어놓기도 했다. 그날따라 아이들은 이상하게 그를 피하는 것 같았다. 아내가 하녀에게 필요치도 않은 지출을 했다고 따지는 것도 자신에게 그러는 것처럼 느껴졌다. 이 모든 것은 가장인 그의 기분이 썩 좋지 않다는 증거였다.

그는 수프나 메인 요리도 입에 맞지 않는 점심 식사를 마쳤다. 결국 그는 마차를 준비하라고 시켰다. 그는 직접 마차를 몰고, 천천히 마당을 벗어났다. 그는 4분의 1 베르스타(예전에 러시아에서 쓰던 길이 단위. 1베르스타는 약 1km임)쯤 가다가 그 자리에 딱 멈추어 섰다.

'어디를 가지? 그 악마 같은 여자한테나 가 볼까?'

그는 음산한 하늘을 바라보면서 생각했다. 그러고는 오늘 자신이 무엇을 바라고 있었는지 이제야 알아냈다는 듯, 만족스러운 미소를 짓기까지 했다. 오랫동안 그를 압박해 오던 권태로움은 순식간에 사라져 버렸고, 게슴츠레하던 그의 눈빛은 기쁨으로 반짝 빛났다. 그는 말에게 채찍질했다.

그는 마차를 몰고 가면서, 연신 유대 여자가 자신의 방문에 놀라워하는 장면을 상상했다. 또 그녀와 이야기를 나눈후, 기분이 좋아져서 귀가하는 자신의 모습을 상상했다.

'그래, 적어도 한 달에 한 번은 이렇게 바람을 쐬어야 해. 좀 색다른 일을 하는 거지.'

그는 자신을 달래 보았다.

'침체되고 무딘 몸에 무언가 자극을 주는 일은 괜찮아. 술도 좋고, 수산나도 참 좋지. 그런 게 없이 인간은 살아갈 수 없으니까…….'

그가 양조장 마당에 들어섰을 때, 이미 날은 어두워지고 있었다. 열린 창문 밖으로 웃음소리와 노랫소리가 흘러나왔다.

번개보다 더 선명하게, 불꽃보다 더 뜨겁게…….

누군가가 굵고 우렁찬 목소리로 노래했다.
'쳇, 손님들이 와 있었군.'

크류코프는 그녀의 집에 손님이 있다는 사실이 불쾌했다.

'그냥 집으로 돌아가 버릴까?'

그는 초인종에 손을 댄 채 생각했다. 하지만 그는 결국 벨을 눌렀다. 그러고 나서 낯익은 계단을 올라가, 현관에서 응접실 안을 들여다보았다. 그곳에는 남자 대여섯 명이 앉아 있었다. 그런데 모두가 낯익은 지주와 관리들이었다. 그 가운데서 마르고 키가 큰 사람이 긴 손가락으로 피아노 건반을 두드리며 노래를 부르고 있었다. 나머지 사람들은 만족스러운 표정으로 그의 연주를 듣고 있었다. 하지만 한편으로는 이상한 미소를 띠고 있었다. 크류코프는 잠시 거울 앞에 서서 자신의 외모를 점검한 뒤, 응접실 안으로 들어가려고 했다. 바로 그때였다. 수산나 모이세예브나가 지난번에 본 검은 원피스를 입은 채 환한 모습으로 들어왔다. 그녀는 크류코프를 보고 깜짝 놀라 짧은 비명을 지르며 반갑게 맞이했다.

"어머, 웬일이세요."

그녀는 그의 손을 덥석 잡으며 말했다.

"오, 세상에! 놀랐잖아요!"

"당신이 보고 싶어서요."

크류코프는 그녀의 허리를 감아 안으며 빙그레 웃었다.

"왜 왔냐고요? 유럽의 운명이 프랑스인과 러시아인의 손에 달려 있다는 이야기를 또 듣고 싶으니까요."

"그럼요."

유대 여자는 조심스럽게 그의 손을 치우며 미소를 지었다.

"이제 응접실로 가세요. 모두 아는 분들이에요. 나는 가서 당신께 차를 내오라고 말할게요. 알렉세이라고 하셨지요? 어서 들어가세요. 금방 나올게요."

그녀는 예전처럼 독하고 달콤한 재스민 향을 남긴 채 현관에서 뛰어나갔다. 크류코프는 고개를 들고 응접실로 들어갔다. 그는 예전부터 알고 지내던 사람들에게 목례했다. 그들도 마지못해 그에게 인사했다. 마치 그 자리가 점잖지 못한 자리라서 서로 모르는 척하는 편이 더 나을 거라고 약속이라도 한 듯이 보였다.

그는 응접실과 거실을 가로질러 또 다른 거실로 들어갔다. 그곳에서 아는 손님 서너 명을 더 만났다. 하지만 그들은 그를 알아보지 못했다. 모두가 술에 취해서 기분이 좋아진 모양이었다. 알렉세이 이바노비치는 그들을 흘깃 보면서 얼굴을 찌푸렸다. 그는 그들이 훌륭한 가정이 있고 사람들에게 존경을 받으며 살고 있는데도, 어떻게 이런 곳에서 즐거움에 도취해 있을 수 있는지 의아했다. 그는 어깨를 한 번 으쓱하고 미소를 짓고는 발길을 재촉했다.

'정신을 똑바로 차린 사람은 이런 게 시시해 보이겠지만, 술에 취한 사람은 유쾌하게 노는 장소가 있는 법이지.'

그는 또다시 생각했다.

'나도 오페라 가수들이나 집시들을 맨 정신으로 찾은 적은 한 번도 없으니까. 술은 사람을 부드럽게 만들고, 그와 동시에 죄의식도 깡그리 없애 주니까⋯⋯.'

갑자기 그는 그 자리에 딱 멈추어 섰다. 마치 유령이라도 본 듯 그 자리에 멈추고는 양손으로 문틀을 움켜잡았다. 수산나의 서재 책상 앞에 알렉산드르 그리고리예비치 중위가 앉아 있었던 것이었다. 그는 뚱뚱하고 얼굴이 주름살투성이인 유대인과 수군거리던 중이었다. 형을 본 그는 얼굴이 붉어져서, 앨범 쪽으로 급히 눈길을 돌렸다.

크류코프는 피가 머리로 솟구쳐 오르는 듯한 느낌이 들어서 제정신이 드는 것 같았다. 곧이어 그는 놀람과 수치, 분노의 감정이 살아나 정신을 차리지도 못한 채 말없이 책상 옆을 지나갔다. 소콜스키는 고개를 들지 못했다. 그의 얼굴은 수치스러운 듯 더 일그러졌다.

"알료샤 형!"

그는 어렵사리 미소를 지으며 말했다.

"마지막 인사를 하려고 왔어. 그런데 이렇게 되었네. 하지만 내일은 꼭 떠날 거야."

'내가 이제 와서 이놈에게 무슨 말을 할 수 있는가? 무슨 말을 할 수 있느냐고.'

알렉세이 이바노비치는 이렇게 생각했다.

'떠나라고 말한 나도 이곳에 와 있는 주제에 내가 어찌 동생을 나무랄 수 있단 말인가.'

그는 마른 침만 삼킨 채, 한마디 말도 없이 천천히 방 밖으로 걸어 나왔다.

그대를 천사라고 부르지 말라.

이 땅에서 그대를 떠나보내지 않으리.

응접실에서 굵고 낮은 목소리로 부르는 노랫소리가 흘러나왔다. 얼마 뒤, 크류코프의 마차는 먼지가 날리는 길 위를 달리고 있었다.

입맞춤

5월 20일 밤 8시, N예비 포병 여단 6개 중대는 병영을 향해 이동하던 중, 하룻밤을 묵기 위해 메스체츠키 마을에 머물렀다. 몇몇 장교는 대포를 손보느라 바빴고, 나머지 다른 이들은 교회 울타리 부근에 있는 광장에 집합해 숙소 담당의 말을 듣느라 무척 혼란스러웠다. 바로 그때, 교회 건물 뒤쪽에서 평상복 차림을 한 남자가 말을 타고 나타났다. 그가 타고 있는 암갈색 말은 무척 특이했다. 자그마한 몸집에 잘생긴 목덜미와 짧은 꼬리를 가졌지만, 걸음걸이가 좀 이상했다. 마치 춤추는 것처럼 옆걸음을 치는 이 말은 채찍으로 다리를 얻어맞은 듯이 보였다. 그 남자는 장교들 곁으로 가까이 다가가더니, 모자를 약간 들어 올리며 인사했다.

"이 마을의 지주이신 육군 중장 폰 라베크 각하께서 장교 여러분에게 차를 대접해 드리려고 초청하셨습니다."

말은 몸을 굽혔다가 다시 춤추는 듯 움직였다. 그러고 나서 옆걸음질을 하며 뒤쪽으로 물러났다. 말을 탄 남자는 다시 한번 모자를 살짝 들어 올리고 나서 그 이상한 말과 함께 교회 뒤로 사라졌다.

"이런 젠장!"

장교 몇 명이 숙소로 돌아가면서 짜증을 냈다.

"뭐야! 피곤해 죽겠는데 무슨 놈의 차야! 게다가 여기 차가 얼마나 맛이 없는지 잘 알고 있는데 말이야."

6개 중대 장교들의 머릿속에는, 작년에 기동 훈련을 하던 중에 어느 카자크 연대 소속 장교들과 함께 지주며 백작이라는 퇴역 장교들에게 지금처럼 초대받은 일이 분명히 떠올랐다. 손님 접대하기를 좋아하는 백작은 모두에게 음식과 술을 극진히 대접했고, 그것도 모자라 마을에 정한 숙소 대신 자신의 저택에서 묵도록 했다. 물론 모든 것은 훌륭했다. 하지만 귀찮기 짝이 없는 문제가 하나 있었다. 그 퇴역 장교는 청년 장교만 만나면 너무 흥분한다는 점이었다. 그는 다음 날 동이 틀 때까지 젊은 장교들에게 끊임없이 이야기를 늘어놓았다. 그는 젊은 장교들을 자신의 방마다 끌고 다니면서 값비싼 그림이나 오래된 판화, 진귀한 총기류 따위를 보여 주곤 했다.

또 고관들이 직접 쓴 친서를 읽어 주기도 했다. 피곤함에 지친 장교들은 억지로 응대해 주기는 했지만, 언제 잠자리에 들 수 있을지를 걱정하면서 남몰래 소매 끝으로 슬쩍 입을 가리면서 하품하곤 했다. 마침내 집주인의 고된 손아귀에서 벗어났을 때는 잠자기에 너무 늦은 시간이 되어 버리고 말았다.

폰 라베크라는 남자도 그런 인물이 아닐까? 어찌 됐든, 별다른 도리가 없었다. 장교들은 복장을 손질한 뒤, 와자지껄 떼를 지어 지주의 저택으로 몰려갔다. 교회 부근 광장에 있던 사람들에게 길을 물으니, 그들은 지주의 저택으로 가려면 두 갈래의 길이 있다고 일러 주었다. 교회 뒤편, 강가를 따라 아래로 걸어가면 정원이 보이는데, 그 길로 오솔길을 따라가면 저택으로 들어갈 수 있는 길이 있다고 했다. 또 다른 방법으로 교회 윗길을 따라 마을에서 반베르스타 정도 걸어가면, 지주 저택의 창고로 들어갈 수 있다고 말해 주었다. 장교들은 위쪽 길로 가기로 했다.

"도대체 폰 라베크가 누구야?"

그들은 걸어가면서 이야기를 나누었다.

"플레브나 전투에서 N기병 사단을 지휘했던 사람 아닌가?"

"아니, 그 사람은 폰 라베크가 아니라 그냥 라베야. 귀족에게 붙이는 '폰'이란 칭호도 없다고."

"어쨌거나 좋은 날씨군."

지주의 첫 번째 곡식 창고에서 길이 두 갈래로 나뉘었다. 한 길은 곧장 뻗어 저녁 어스름 속으로 사라졌고, 다른 한 길은 오른쪽으로 꺾여 지주의 저택을 향해 뻗어 있었다. 장교들은 오른쪽 길로 들어서면서, 소리를 낮추어 말을 주고받았다. 길 양쪽에는 붉은 기와를 얹은 석조 창고들이 늘어서 있었다. 그 모습은 지방 도시의 병영과 비슷해 보였다. 앞쪽에는 지주 저택의 창문이 밝게 빛나고 있었다.

"뭔가 느낌이 좋은데?"

장교 중 누군가가 말했다.

"우리 사냥개가 앞서가는 걸 보니, 좋은 일이 생길 거 같아. 좋은 냄새를 맡은 모양이야."

여기서 사냥개란, 맨 앞에서 걷고 있던 중위 로비트코를 가리키는 말이었다. 그는 키가 훤칠하고 건장한 체격에, 콧수염이 하나도 없었다. 그는 스물다섯 살이 넘었는데도 토실토실하게 살찐 얼굴에 수염이 하나도 없었다. 그에게는 멀리서도 여자가 있는지 없는지 육감적으로 알아내는 능력이 있었다. 그는 이러한 능력 때문에 부대 안에서 명성이 자자했다. 그는 몸을 획 돌려 뒤를 돌아보더니 이렇게 말했다.

"그래, 틀림없어. 그곳에는 반드시 몇 명의 여자가 있어. 느낌이 딱 오는데?"

저택 입구에 다다르자, 예순 살쯤 되어 보이고 평상복을 입은, 체격이 좋은 노인이 있었다. 그는 장교들과 일일이 악수하면서 "이렇게 만나게 되어 기쁩니다. 하지만 하룻밤 묵어 가시라고는 말하지 못해 미안합니다."라고 말했다. 왜냐하면 그의 두 명의 누이가 아이들을 데리고 놀러 온 데다가 형제들과 이웃까지 찾아와서 빈방이 하나도 남아 있지 않았기 때문이었다.

장군은 그렇게 양해를 구하며 웃어 보였다. 하지만 그 표정은 작년에 장교들이 본 백작의 표정만큼 기뻐하는 표정이 아니었다. 그가 장교들을 초대한 것도 체면을 차리기 위해서 하는 아주 의례적인 것처럼 보였다. 장교들은 그의 이야기를 들으며, 푹신한 융단이 덮인 계단을 올랐다. 하지만 그들은 이 초대가 어쩔 수 없이 이루어진 체면치레라는 느낌을 지울 수 없었다. 게다가 아래층 하인들이 현관과 위층 방에 불을 밝히느라 허둥거리는 것을 보자, 자기들의 방문으로 말미암아 이 집에 뜻하지 않게 폐를 끼쳤다는 생각이 들어 썩 기분이 좋지 않았다. 이 저택에는 가족 간의 잔치나 다른 큰 행사 때문에 아이들을 데리고 온 두 누이동생과 형제들, 이웃사촌까지 함께 모여 있는 모양이었다. 그들에게 아주 낯선, 열아홉 명이나 되는 장교들이 집 안으로 한꺼번에 들이닥친 일이 그리 반가울 리 없어 보였다.

장교들은 2층 큰 방 입구에서 노부인을 만났다. 그녀는 긴 얼굴에 검은 눈썹을 가진 외제니 황후(나폴레옹 3세의 황후)와 비슷하게 생겼고, 키가 무척 컸으며 날씬했다. 부인은 예의를 갖추고, 위엄 있게 미소를 지었다. 그녀는 손님을 집으로 맞이하게 되어 아주 기쁘고 행복하다고 말했다. 하지만 장교 여러분을 하룻밤 묵어가도록 청하지 못하게 된 점에 대해, 다시 한번 죄송하게 생각한다며 거듭 사과했다. 부인이 장교들에게 보여 준 아름답고 위엄 있는 미소로 보건대, 부인은 그동안 수많은 장교를 맞이해 보았다는 것을 잘 알 수 있었다. 그 때문에 현재 부인은 그들 모두에게 아무런 흥미도 느끼지 않는다는 것 역시 잘 알 수 있었다. 또한 그들을 집으로 초대했지만, 집에 머물지 못하게 하는 것에 대해 사과의 말을 전하고 있지만, 사실 그것은 모두 교양인으로서의 사회적 신분을 보여 주기 위한 것 같았다.

장교들은 큰 식당으로 안내받았다. 긴 식탁 끝에 10여 명의 신사 숙녀가 어울려 앉아 차를 마시고 있었다. 의자 뒤로는 희미한 담배 연기에 둘러싸인 남자들이 어렴풋이 보였다. 그 한가운데 붉은 구레나룻을 기른, 몸이 야윈 청년이 일어나 있었다. 그는 부정확한 발음의 영어로 목소리를 높여 이야기하고 있었다. 그들 뒤쪽 문틈으로는 푸른색 가구로 꾸며진 아주 환한 방이 보였다.

"여러분, 손님이 많으니 일일이 소개해 드릴 수는 없겠군요."

장군은 명랑하게 보이려고 애쓰며 큰 소리로 말했다.

"여러분, 모두 편히 인사를 나누시지요." 장교 중 한 사람은 위엄 있는 표정을 지으며 살짝 미소를 지었다. 나머지 사람들도 어색한 미소를 지었다. 모든 사람이 몹시 어색해했고, 겨우 인사말을 마치고 나서 차 마시는 자리에 앉았다.

그 가운데서 가장 어색해하는 사람은 키가 작고 등이 굽은 랴보비치라는 이름의 대위였다. 그는 안경을 끼고 있었고, 살쾡이 같은 구레나룻을 뾰족하게 기르고 있었다.

그의 동료들은 심각하거나 어색한 미소를 짓고 있었다. 하지만 그의 살쾡이 같은 구레나룻과 안경을 낀 모습은 마치 '저는 전 여단에서 가장 소심하고 평범해 눈에 잘 띄지 않는 사람입니다.'라고 말하는 것 같았다. 처음으로 식당에 들어가 차를 마시는 자리에 앉는 바로 그 순간부터 그는 도무지 사람들의 얼굴이나 물건에 집중하기가 어려웠다. 여러 사람의 얼굴, 그들이 입은 형형색색의 옷, 코냑을 담은 크리스털 유리병, 술잔에서 올라가는 김, 석회로 만든 벽과 천장의 조각 장식…… 그 모든 것이 어우러져 하나의 커다란 인상을 만들어냈다. 랴보비치는 그러한 분위기에 압도당해 안절부절못하게 되었다. 마치 처음 대중 앞에 나선 연설자처럼 눈앞에 있는 것들을 바라보고 있으면서도 그것들을 정확하게 인식하거나 이해하지 못했다. 생리학자들은 보통 그런 상태를 '정신적 실명'이라고 부르곤 한다. 하지만 얼마 후, 주변 상황에 조금 익숙해진 랴보비치는 비로소 정신을 차리고 조금씩 주변을 조심스럽게 바라보기 시작했다. 마음이 약하고 사교에 익숙하지 않은 사람들이 늘 그렇듯, 그는 자기 눈에 낯설게 보이는 것들부터 관찰하기 시작했다. 그것은 바로 오늘 처음 본이 집 식구들의 대범함이었다. 폰 라베크, 그의 아내, 상당히 나이가 들어 보이는 두 중년 부인, 라일락색 옷을 입은 숙녀, 그리고 폰 라베크의 막내아들이라는 붉은 구레나룻을 기른 남자는 미리 연습이라도 한 것처럼 자연스럽게 장교들 틈에 자리를 잡고 앉았다. 그러고는 자리에 앉자마자 격렬한 논쟁을 벌이기 시작했다. 라일락색 옷을 입은 숙녀는 매우 흥분한 목소리로 포병이 기병이나 보병보다 더 안락한 생활을 하고 있다고 주장했다. 폰 라베크와 중년 부인들은 이 의견에 반대했다.

랴보비치는 라일락색 옷을 입은 숙녀가 스스로 잘 이해하지도 못하고 관심도 없을 만한 그런 문제에 대해 열심히 논쟁하고 있는 모습을 바라보았다. 그는 그녀의 얼굴에 무언가 가식적인 미소가 떠올랐다가 사라지는 것을 발견했다. 폰 라베크와 그의 가족들은 교묘히 장교들을 논쟁에 끼어들게 했다.

그들은 그러는 와중에도 손님들의 잔을 세심하게 살폈다. 모두가 충분히 마시고 있는지, 단 것이 필요한 사람은 없는지, 왜 저 사람은 비스킷을 먹지 않는지, 왜 저 사람은 코냑을 입에 대지 않는지 등을 일일이 확인했다. 랴보비치는 그 모든 것을 보고 들으면서 약간 가식적이기는 하지만 세련된 매너를 갖춘 이 가족들에게 호감이 가기 시작했다.

차를 마신 장교들은 커다란 방으로 갔다. 로비트코 중위의 예감은 빗나가지 않았다. 큰 방에는 많은 아가씨와 젊은 부인들이 있었다. 사냥개라는 별명을 가진 로비트코 중위는 이미 검은 드레스를 입은 금발 아가씨 옆에 자리를 잡고 있었다. 그는 군도에 기대기라도 한 듯이 대담하게 몸을 기울이며 미소를 짓거나 어깨를 흔들어 보이곤 했다. 그가 무언가 농담을 던진 모양이었다. 하지만 그 금발 아가씨는 별로 관심 없다는 표정으로 그의 건강한 얼굴을 바라보았다. 그러고는 감흥이 없는 목소리로 "정말요?"라고 물어보았다. 성의 없이 던지는 "정말요?"라는 한마디의 말투로 보아, 만일 그가 영리한 사냥개라면 돌격해서 물고 늘어질 상대가 아니라는 점을 포착해낼 수 있었을 것이다.

피아노 연주가 시작되었다. 슬픈 왈츠 곡은 활짝 열린 창밖으로 흘러 나갔다. 바로 그 순간 모든 사람은 현재 창밖이 봄, 즉 5월의 저녁임을 새삼스럽게 깨달았다. 공기 속에 포플러의 새잎과 장미, 라일락 향기가 한껏 풍겨 오는 것을 느꼈다. 게다가 랴보비치는 음악이 흐르는 탓에 코냐의 술기운이 살짝 올라와 시선을 창밖으로 던진 채 더욱 여유로운 미소를 지을 수 있었다. 또 그는 여인들의 행동을 눈여겨볼 수도 있었다. 장미, 포플러, 라일락의 향기는 정원에서 풍기는 것이 아니라 여인들의 얼굴과 옷에서 풍겨 오는 것 같다는 느낌이 들었다.

폰 라베크의 아들은 어떤 마른 아가씨와 두어 번 춤추었다. 로비트코는 바다 위를 미끄러지듯이 나아갔다. 그러고는 라일락 숙녀에게로 가서 함께 큰 방을 마음껏 돌며 춤추었다. 그렇게 춤은 시작되었다. 랴보비치는 문 옆, 그러니까 춤을 전혀 추지 않는 사람들 사이에 서서 이 광경을 자세히 구경했다. 그는 세상에 태어나서 한 번도 춤을 추어 본 적이 없었다. 게다가 정숙한 여인의 부드러운 허리를 껴안아 본 적도 없었다. 그는 어떤 남자가 많은 사람 앞에서 낯선 여인들의 허리에 손을 얹거나, 어떤 여인의 작은 손이 남자의 어깨 위에 올려져 있는 것이 무척이나 좋아 보였다. 하지만 자신이 그런 남자가 되는 것은 꿈에서도 생각하지 못할 일이었다. 한때 그는 그런 동료의 용기와 당당한 모습을 부러워하며, 몰래 가슴을 태운 적도 있었다. 자신이 마음이 약하고, 등이 구부정하며, 다른 사람들 눈에 잘 띄지 않는 평범한 사내라는 것, 그리고 다리가 짧고, 살쾡이 같은 구레나룻이 있다는 것 등이 그에게 심한 자격지심을 불러일으킨 것이었다. 하지만 어느 정도 세월이 지나고, 그 모든 것이 그의 몸에 익숙해졌다. 이제 춤추는 사람이나 큰 소리로 이야기를 나누는 사람을 보면 예전처럼 그렇게 부럽지는 않았지만, 어쩐지 약간 슬픈 마음이 들었다.

쿼드릴(네 명이 한 쌍이 되어 추는 춤)이 시작되자, 폰 라베크의 아들은 춤추지 않고 서 있는 사람 중 두 장교에게로 다가 갔다. 그는 그들에게 당구를 치자고 권했다. 두 장교는 흔쾌히 그를 따라 큰 방으로 따라 나갔다. 랴보비치는 심심하기도 했고, 그들의 놀이에 조금이라도 어울리고 싶어서 느릿느릿 그 뒤를 따랐다. 큰 방에서 나온 그들은 거실로 들어갔다. 유리문이 달린, 길고 좁은 복도를 지나 방으로 들어갔다. 그러자 졸린 얼굴을 한 하인 세 명이 소파에 앉아서 자다가 황급히 자리에서 일어났다. 그들은 또 다른 여러 개의 방을 지나 당구대가 있는 작은 방에 도착했다. 그곳에서 당구 게임이 시작되었다.

랴보비치는 트럼프를 제외하고는 그 어떤 놀이도 해 본 적이 없었다. 그래서 그는 당구대 옆에 서서 당구를 치는 사람들의 얼굴을 무심하게 바라보았다. 그들은 각기 윗옷 단추를 풀어 헤친 채, 두 손으로 큐대를 잡고는 왔다 갔다 돌아다니며 농담했다. 또 무슨 뜻인지 알아들을 수 없는 말들을 외쳐 대기도 했다. 그 누구도 랴보비치의 존재에는 관심을 두지 않았다. 가끔 무심코 팔꿈치로 그를 밀거나 큐대로 그를 건드렸을 때만 몸을 돌리며 미안하다고 사과했다. 그는 첫 게임이 끝나기도 전에 싫증이 났다. 그는 자기가 괜히 그 자리에 있으면서 그들의 게임을 방해하고 있을지도 모른다는 생각도 들었다. 그래서 그는 그 방에서 나온 뒤, 다시 큰 방으로 향했다.

그런데 돌아가는 도중에 아주 사소한 사건이 하나 발생했다. 그는 걷다 보니 길을 잘못 들었다는 것을 문득 깨달았다. 분명히 조금 전에는 졸다가 깨어난 하인 세 명을 만났다. 하지만 대여섯 개의 방을 지나면서도 그들의 모습을 볼 수가 없었다. 그는 방향이 틀렸다는 것을 알아차린 다음, 조금 되돌아와서 오른쪽으로 방향을 돌렸다. 그랬더니 좀 전의 당구대가 있는 방으로 갈 때는 미처 보지 못한 어두침침한 서재 비슷한 방이 나왔다. 그는 잠시 그곳에서 망설이다가, 결국 될 대로 되라는 식으로 용감하게 문을 열었다. 그러자 이번에는 완전히 캄캄한 방이 나타났다. 문틈으로 환한 불빛이 가늘게 새어 나오기는 했다. 문 너머에서는 슬픈 마주르카(폴란드의 민속 춤곡)의 멜로디가 어렴풋이 들려오고 있었다. 그 방 창문도 모두 활짝 열려 있어서 포플러, 라일락, 장미 향기가 향기롭게 풍겨 왔다.

랴보비치는 조금 망설이다가 걸음을 멈추었다. 그때 갑자기 바쁜 듯한 발걸음 소리와 드레스 스치는 소리가 들렸다.

"어쩜, 이제야 오셨군요."

여자의 낮은 목소리와 함께 부드럽고 향기로운, 틀림없는 여자의 두 팔이 그의 목을 휘감았다. 그의 볼에 여자의 볼이 닿자마자 입맞춤이 시작되었다. 하지만 곧 여자는 작은 비명을 지르며 뒤로 물러섰다. 랴보비치가 느낀 대로 표현하자면, 더럽다는 듯이 뒤로 펄쩍 물러섰다. 그 역시 깜짝 놀라서 하마터면 비명이 터져 나오려는 것을 가까스로 참았다. 그는 문틈으로 밝은 빛이 새어 나오는 옆방으로 뛰어 들어갔다.

랴보비치는 큰 방으로 돌아오고 나서, 심장이 두근거리는 것을 막을 길이 없었다. 그의 두 손 역시 눈에 띌 만큼 몹시 떨렸다. 그는 황급히 두 손을 등 뒤로 감추었다. 처음에는 방 안에 있는 모든 사람이, 낯선 여인이 자신을 끌어안고 입맞춤했다는 사실을 알고 있을지도 모른다는 불안감에 괴로웠다. 그래서 그는 몸을 잔뜩 웅크린 채 사방을 둘러보았다. 하지만 모든 사람이 전과 다름없이 아무 일 없었다는 듯 자연스럽게 춤추며 이야기를 나누고 있었다. 그는 평생 한 번도 겪어 보지 못한 새로운 기분에 빠져들었다. 정말로 알 수 없는 이상한 일이 그에게서 일어난 것이었다.

바로 조금 전까지만 해도 부드럽고 향기로운 팔이 감쌌던 목에는 마치 향유라도 바른 것 같은 느낌이 전해졌다. 게다가 미지의 여인이 입을 맞춘 왼쪽 볼에는 박하수처럼 상쾌한 기분이 느껴졌다. 그래서 그런지 그곳을 만지면 만질수록 그 상쾌함은 더욱 심해지는 것 같았다. 그렇다. 그의 전신은 알 수 없는 신비로운 느낌으로 가득 차고, 그 느낌은 갈수록 커져만 갔다. 그는 당장 춤추고, 이야기하며, 정원으로 뛰쳐나가 큰 소리로 껄껄 웃고만 싶었다. 그는 자신의 등이 구부정한 것이나, 살쾡이 같은 구레나룻을 가졌다는 것이나, 아무 특징 없는 자신의 외모 따위는 완전히 잊어버렸다. 그는 우연히 듣게 된 부인들의 대화를 통해 자기의 외모가 그런 평가를 받고 있다는 것을 알게 되었다. 하지만 그는 이런 모든 것을 완전히 잊어버렸다. 그는 폰 라베크 부인이 옆을 지나갈 때 환히 웃었다. 부인은 잠시 멈추어 서서 이상하다는 듯이 그를 빤히 쳐다보았다.

"이 저택이 무척 마음에 듭니다."

그는 안경을 고쳐 쓰면서 말했다.

장군의 부인은 미소를 지으며, 원래 이 집은 자신의 아버지 소유였다고 말했다. 그녀는 그에게 부모님은 살아 계신지, 얼마 동안 군에서 복무했는지, 왜 그렇게 몸이 말랐는지 등에 대해서 자세히 물었다. 부인은 그의 대답을 들은 후, 다시 가던 길을 갔다. 하지만 그는 대화가 끝났음에도 더 환하게 웃었다. 그는 오늘 밤에 자신이 얼마나 훌륭하고 멋진 사람들 속에 둘러싸여 있는지 모른다고 생각했다.

저녁 식사가 나오자마자, 랴보비치는 건성으로 음식을 먹으면서 다른 사람들이 하는 이야기에는 전혀 집중하지 않았다. 그는 다만 조금 전에 일어났던 그 사건을 충분히 이해하기 위해 노력했다. 그 신비롭고도 로맨틱한 사건을 설명하는 일은 그리 어렵지 않았다. 어떤 아가씨나 부인이 어두컴컴한 방에서 누군가와 밀회하기로 약속했을 것이다. 오랫동안 기다린 탓에, 신경이 곤두선 그녀는 랴보비치를 자신이 기다리던 그 남자로 착각했을 게 뻔하다. 더구나 랴보비치는 캄캄한 방을 헤매다가 걸음을 멈추었고, 그래서 잠시 다른 방문 앞에서 망설이는 모습이 무언가를 기다리는 사람처럼 보였을 수도 있을 테니 말이다. 랴보비치는 이 정도로 그 입맞춤 사건을 자신에게 설명했다.

'그런데 도대체 그 여인은 누구일까? 그 여인은?'

그는 주변을 쭉 둘러보며 생각했다.

'분명히 젊은 여자일 거야. 나이가 든 여자가 그런 밀회를 하지는 않을 테니 말이야. 또 교양도 있고 품격이 있는 여자처럼 느껴졌어. 드레스가 스치는 소리와 향기, 목소리로 알 수 있다고……'

그는 라일락색 옷을 입은 숙녀에게로 눈길을 돌렸다. 그녀가 마음에 꼭 들었기 때문이었다. 그녀는 어깨와 손이 아름다웠고, 재기가 넘치는 얼굴에 목소리가 고왔다. 랴보비치는 그녀가 미지의 여인이었으면 하고 진심으로 바랐다. 하지만 라일락 숙녀는 어딘지 가식적으로 보이는 미소를 가지고 있었다. 게다가 기다란 코에는 주름이 잡혀 있었다. 그래서 그는 조금은 나이가 들어 보이는 그녀의 모습을 외면한 채, 검은 옷을 입은 금발 아가씨에게로 자연스럽게 눈길을 돌렸다. 그 금발 아가씨는 라일락 숙녀보다 훨씬 더 젊고 소박해 보였다. 게다가 귀밑머리를 늘어뜨린 모습이 무척 아름다워 보였다. 그래서 그는 그녀가 미지의 여인이기를 진심으로 원했다. 하지만 그녀의 얼굴이 너무 납작하다는 것을 깨닫고는 다시 옆자리의 다른 사람에게로 시선을 돌렸다.

'이 수수께끼는 정말 알아맞히기가 힘들군.'

그는 쉬지 않고 상상했다.

'라일락 숙녀의 어깨와 손, 금발 아가씨의 귀밑머리, 로비트코 왼쪽에 앉아 있는 아가씨의 눈을 합치면……'

그는 이런 식으로 여러 여자의 얼굴을 조합해 보았지만, 자신에게 입을 맞춘 그 알 수 없는 여인의 모습을 찾을 수 없었다.

저녁 식사가 끝나자, 손님들은 작별 인사를 하며 감사의 말을 전하기 시작했다. 주인 부부는 또 한 번 하룻밤 묵어가도록 붙잡지 못하는 것에 대해 사과했다.

"정말로 기쁩니다, 여러분!"

폰 라베크 중장은 이번에는 더 솔직하게 말했다. 물론 손님을 맞이할 때보다 보낼 때 더 솔직하고 친절한 법이다.

"정말 기쁩니다. 다음번에도 이곳에 꼭 들러 주십시오. 망설이지 마시고요. 그런데 어디로 가시려는 건가요? 윗길로요? 아닙니다. 그냥 정원을 가로질러서 아랫길로 가십시오. 그쪽이 더 가깝습니다."

장교들은 정원으로 나왔다. 아주 밝은 불빛과 소음에 묻혀 있다가 밖으로 나오니, 정원은 더욱더 어둡고 고요하게 느껴졌다. 모두 출입문까지 말없이 걸었다. 다들 거나하게 취한 상태여서 기분만은 유쾌했다. 또 어둠과 정적 때문에 그들은 약간 생각에 잠기기도 했다. 아마도 랴보비치를 포함해 모두 다 같은 생각을 했을 게 분명했다. 언젠가는 폰 라베크처럼 정원이 딸린 저택에서 가족과 살 수 있을까, 또 본심은 그렇지 않더라도 여러 사람을 초대해 후하게 대접할 날이 올까 하는 생각들 말이다.

그들은 출입문을 나서자마자 수다를 떨기 시작했고, 무슨 특별한 까닭도 없이 큰 소리로 웃어 댔다. 잠시 후, 그들은 오솔길로 접어들었다. 경사가 가파른 강 쪽으로 내려갔는데, 바

로 강물 옆까지 이어졌다. 그들은 물가의 숲과 도랑, 그리고
물 위로 드리워진 버드나무들을 헤치면서 갔다. 주변이 너무
어두워서 강기슭과 오솔길이 간신히 보였다. 맞은편 강기슭
은 어둠 속에 완전히 잠겨 있었다. 그곳은 어두운 물 위로 별
빛이 빛났다. 물 위에서 빛나는 별빛은 깜박깜박 몸을 떨듯
흩어져 있었다. 그 모습을 보면 강 물살이 생각보다 훨씬 빠
르다는 것을 알 수 있었다. 하지만 주변은 매우 고요했다. 건
너편 강기슭에서는 도요새가 구슬프게 울고 있었다. 이쪽 기
슭의 숲속에서는 장교들을 전혀 신경 쓰지 않는 한 꾀꼬리가
매우 큰 소리로 노래를 부르기 시작했다.

장교들은 덤불 근처에 멈추어 서서 나무를 흔들어 보았다.
하지만 꾀꼬리는 노래를 멈추지 않았다.

"이놈 정말 대단한데? 어럽쇼?"

그들은 매우 감탄했다.

"우리가 바로 곁에 있는데도 무사태평이네! 참 뻔뻔한 놈
이야!"

오솔길이 끝나고 다시 오르막이 되었다. 교회 울타리 근처
에 다다르자 큰길로 합쳐졌다. 장교들은 언덕길을 올라가느
라 지쳐서 잠시 조용히 앉아 담배를 피웠다. 그때 건너편 강
독 위로 아주 희미하게 붉은 빛이 보였다. 장교들은 심심한
나머지, 그 불빛이 화톳불(한곳에다가 장작 등을 모으고 질러 놓

은 불)인지, 아니면 집 창문에서 흘러나오는 빛인지 입씨름했다. 랴보비치도 불빛을 보았다. 그에게 그 불빛은 입맞춤 사건을 다 알고 있다는 듯한 일종의 화답 같은 미소를 던지는 것처럼 보였다.

랴보비치는 숙소로 돌아왔다. 그는 곧 옷을 벗고 침대에 누웠다. 그는 로비트코, 메르즐랴코프 중위와 묵었다. 메르즐랴코프는 조용하고 말수가 적으며, 키가 작은 장교였다. 그는 장교 가운데서는 점잖고 교양 있는 사람으로 통했다. 그는 시간이 날 때마다 항상 몸에 지니고 있던 〈유럽 통보〉를 꺼내서 읽었다. 로비트코는 옷을 벗고 나서, 조금은 불만스러운 표정으로 방 안을 서성거렸다. 그러다가 잠시 뒤, 병사에게 맥주를 가져오게 했다. 메르즐랴코프는 침대에 누운 다음, 머리맡에 촛불을 두고서 본격적으로 〈유럽 통보〉를 읽기 시작했다.

'도대체 누구일까. 그 미지의 여인은?'

랴보비치는 자신의 목덜미에 여전히 향유가 발라진 듯했고, 입가에는 박하수 향기가 떨어진 듯이 싸한 기운이 느껴졌다. 그런 상상을 시작하자, 라일락 숙녀의 어깨와 팔의 감촉이 느껴졌다. 또 그런 상상을 계속하자, 검은 옷을 입은 금발 아가씨의 순진한 눈매와 귀밑머리, 그리고 다른 여자들의 허리, 드레스, 브로치 따위가 떠올랐다. 하지만 그런 상상은 금방 사라져 버렸다. 그가 상상한 형상들은 끊임없이 움직이며 일그러지다가 산산조각이 나듯이 사라져 버렸다. 눈을 감으면, 넓은 공간에서 모두가 본 형상들이 다 지워졌다. 이번에는 황급한 발걸음 소리와 드레스 스치는 소리, 입맞춤 소리가 차례대로 들려오기 시작했다. 그는 강렬한 기쁨에 완전히 사로잡혀 버렸다. 그가 그런 희열에 겨워 몸을 떠는 동안, 병사가 돌아와 맥주가 없다는 보고를 전했다. 로비트코는 화를 내며 방 안을 이리저리 서성거렸다.

"이봐! 이 자식 정말 바보 아니야?"

로비트코는 랴보비치와 메르즐랴코프 앞에서 걸음을 멈추며 말했다.

"그 흔한 맥주 한 병 찾아오지 못하다니! 정말 멍청하군."

"이곳에서 맥주를 가져오지 못하는 건 어찌 보면 당연해."

메르즐랴코프가 〈유럽 통보〉에서 눈을 떼지 않은 채로 말했다.

"뭐라고? 자네도 그렇게 생각하나?"

로비트코는 갑자기 화를 버럭 내며 말했다.

"오오, 하느님! 지금 당장 저를 달나라에 내동댕이쳐 보세요. 그러면 저는 바로 맥주와 여자들을 찾아내고 말 거예요! 내가 이러고 있을 때가 아니지. 당장 나가서 찾아내야겠어. 만일 내가 맥주를 구해 오지 못한다면, 나를 비열한 놈이라고 놀려도 좋아!"

그는 꾸물거리며 오랫동안 옷을 입었다. 그러고는 장화를 신은 뒤, 조용히 담배 한 대를 피웠다. 그는 곧 밖으로 나갔다.

"라베크! 그라베크! 로아베크인가?"

그는 현관에서 걸음을 멈춘 채 중얼거렸다.

"혼자 가기는 좀 그런데. 나 참, 제길! 랴보비치, 나와 함께 산책이나 하지 않겠어?"

그는 대답을 듣지 못하자, 다시 숙소로 돌아와 옷을 천천히 벗은 뒤 자리에 누웠다. 메르즐랴코프는 한숨을 쉬더니, 〈유럽 통보〉를 곁에다 두고 촛불을 껐다.

"흠…… 그래?"

로비트코는 어둠 속에서 담배를 피우면서 혼자 중얼거렸다.

랴보비치는 이불을 머리까지 뒤집어쓴 채, 새우등을 하고서 자신만의 상상 속의 세계를 완성해 나가기 시작했다. 하지만 상상 속의 환상 조각들은 온전한 하나의 형상으로 만들어지지 못했다. 그는 곧 잠들고 말았다. 마지막으로 생각한 것은 누군가가 자기를 애무하면서 기쁘게 해 주었다는 것, 무언가 시시하기는 해도 엄청 기쁘고 감미로운 일이 일어났다는 점이었다. 이러한 생각은 꿈속에서도 그를 떠나지 않았다.

그가 잠에서 깨었을 때였다. 그의 목에 향유를 바른 듯한 느낌, 입가에 박하수를 떨어뜨린 것 같은 향은 이미 사라졌

다. 하지만 간밤에 일어났던 일과 마찬가지로 그의 가슴속에
는 기쁨이 넘쳐흐르고 있었다. 그는 막 떠오른 아침 햇살 때
문에 황금빛으로 물든 창문을 황홀하게 바라보았다. 창밖에
서는 사람들과 수레의 움직임 소리가 들려왔다. 바로 창문 아
래에서는 랴보비치의 포대 사령관이자, 방금 연대를 뒤따라
온 레베제츠키의 커다란 목소리가 들렸다. 그는 목소리를 낮
추며 이야기하는 것에 익숙하지 않은 듯, 엄청나게 큰 목소리
로 자신의 부하인 특무 상사와 대화를 나누고 있었다.

"무슨 일이 있는가?"

사령관이 소리쳤다.

"장군님, 어제 말편자를 바꾸어 낄 때, 그만 말 한 마리가
다리를 다쳤습니다. 수의사가 진흙에 식초를 개어서 말의 다
리에 발라 주었습니다. 그래서 그 말은 따로 가게 되었습니
다. 또 철공병인 아르체미예프가 술을 진탕 마신 탓에, 중위
님이 예비 포차 앞에 앉도록 명령했습니다."

특무 상사는 카르포프가 트럼펫에 다는 새 끈과 천막 말뚝
을 잃어버렸다는 것, 간밤에 폰 라베크 장군의 저택에 장교들
이 손님으로 다녀왔다는 것을 사령관에게 차례로 보고했다.
이런 말을 하는 도중에, 레베제츠키의 붉은 수염이 창문 안
쪽에서 나타났다. 사령관은 근시라서 눈을 찡그려 뜨며, 아직
잠에서 깨지 않은 졸린 듯한 장교들을 바라보며 인사했다.

"모두 다 정상인가?"

사령관이 물었다.

"포차를 끄는 말의 등이 벗겨졌습니다."

로비트코가 하품하면서 대답했다.

사령관은 한숨을 쉬고 나서, 잠시 생각에 잠겼다. 그러고는 이내 큰 목소리로 말했다.

"나는 지금 알렉산드라 예브그라포브나 댁에 가 봐야겠어. 오늘 방문하기로 약속했거든. 그럼 다녀오겠네. 저녁때까지는 자네들을 따라가겠네."

약 15분 뒤, 여단은 행군을 시작했다. 랴보비치는 지주의 창고 옆을 지나갈 때 오른쪽에 있는 저택을 바라보았다. 창문은 모두 덧문으로 가려져 있었다. 저택 사람들은 모두 자고 있는 것이 분명했다. 랴보비치에게 입을 맞추었던 그 여인도 자고 있을 것이다. 그는 문득 그녀가 자고 있는 모습을 상상했다. 활짝 열어젖힌 침실 창문, 방 안을 들여다보고 있는 초록색 나뭇가지들, 싱그러운 아침 공기, 포플러와 라일락 그리고 장미 향기, 침대, 바닥을 사각사각 스쳤던 드레스가 놓여 있던 의자, 자그마한 슬리퍼, 탁자 위에 놓인 작은 시계, 그밖에 모든 것이 매우 선명하고 또렷하게 떠올랐다. 하지만 가장 중요한 상상은 금세 흩어져 버리고 말았다. 그녀의 얼굴 생김새라든지, 귀엽고 사랑스러운 미소 같은 중요한 특징에 이르게 되면, 마치 수은이 손가락 사이로 소리 없이 빠져나가는 것처럼 그의 상상 속의 모습은 금세 사라져 버리는 것이었다.

그는 그렇게 반베르스타쯤 더 가서 뒤를 돌아보았다. 노란 교회와 그 저택과 강과 정원이 햇빛을 받고 있었다. 그 옆으로는 또렷한 초록빛 기슭이 있는, 그리고 푸른 하늘빛을 담고 있는 강이 반짝거리며 흘러갔다. 햇빛을 받아 은빛으로 반짝이는 강물은 무척 아름다워 보였다. 랴보비치는 메스체츠키 마을을 바라보자, 마치 친한 친구와 헤어지는 것처럼 마음이 몹시 서글퍼졌다.

풍경을 둘러보니, 아주 오래전부터 익히 봐 온 광경이 펼쳐졌다. 왼쪽이나 오른쪽을 보아도 그저 까마귀 떼가 날아다니는, 흔하디흔한 호밀밭과 메밀밭이었다. 앞에는 먼지와 앞사람의 뒷덜미가 있었고, 뒤를 돌아봐도 역시 먼지와 뒷사람의 얼굴뿐이었다. 맨 앞에는 칼을 든 네 병사가 걸어가고 있었다. 그들은 전위대였다. 그 뒤로 군악대가 이어졌고, 군악대 뒤에는 나팔대가 행군했다. 전위대와 군악대는 적당한 간격을 두고 걸어야 한다는 사실을 잊어버린 채, 한참 멀리 앞장서서 걷고 있었다.

랴보비치는 제5중대 첫 번째 열에 있었다. 그래서 앞서 나가는 4개 중대가 모두 한눈에 보였다. 군인이 아닌 민간인들에게는 부대가 이동하는 길고 지루한 행렬이 단지 이해하기 어려운 행진으로만 보일 것이다. 왜 대포 주변에 그리도 많은 군인이 있어야 하는지, 왜 그리도 많은 말이 이상한 차림새로 대포를 끌고 가는지 이유를 알 수 없을 것이다. 하지만 랴보비치는 이러한 모든 것에 관해 잘 알고 있었기 때문에 이 모든 것이 매우 시시하게만 여겨졌다. 또 그는 각 중대의 선두에 있는 몸이 좋은 부사관이 왜 사관과 나란히 말을 타고 행진하는지, 이미 오래전부터 잘 알고 있었다. 게다가 부사관 바로 뒤에는 전령들이 두 줄로 나뉘어 따라갔다. 랴보비치는 그들이 타고 있는 왼쪽 말들을 안장마라고 부르고, 오른쪽 말들을 예비마라고 부르는 것까지도 잘 알고 있었다. 하지만 이런 것을 아는 일은 아무 소용이 없었고, 그는 이런 것들에 아무런 흥미도 느낄 수 없었다.

전령들 뒤로는 다시 두 마리의 말이 이어졌다. 그중 한 마리에는 어제의 먼지를 그대로 등에 묻히고 있는 전령 하나가 타고 있었다. 전령의 오른쪽 다리 위에는 우스꽝스럽게 생긴 나무토막 하나가 얹어져 정강이를 받치는 역할을 하고 있었다. 랴보비치는 나무토막의 사용 목적을 너무나 잘 알고 있었기에, 전혀 새롭다는 생각이 들지 않았다. 말을 탄 사람들은 습관적으로 채찍을 휘두르며, 종종 소리를 지르기도 했다. 대포는 흉해 보였다. 포차 앞에는 방수포로 덮은 귀리 부대가 놓여 있었다. 포신에는 주전자와 병사들의 배낭, 보따리 같은 것들이 이리저리 아무렇게나 걸려 있었다. 그래서 대포는 사람들과 말들에 둘러싸인, 아주 자그마하고 온순한 동물을 연상시켰다.

여섯 명의 포수가 대포 양쪽에서 두 팔을 흔들며 걷고 있었다. 대포 뒤로는 다시 부사관과 전령, 말들이 따르고 있었다. 바로 그 뒤에는 지난번처럼 아무렇게나 주렁주렁 짐이 걸려 있는 다른 대포가 끌려갔다. 두 번째 대포 다음에는 세 번째, 네 번째 대포가 그 뒤를 따랐다. 네 번째 대포 주변에서는 장교와 그 밖의 사람들이 행군했다. 여단에는 중대가 여섯 개 있었고, 각 중대에는 대포가 네 개씩 있었다. 그렇게 행렬의 길이만도 반베르스타나 되었다. 맨 마지막에 따라오는 것은 짐마차였다. 그 옆에는 기다란 귀가 달려 있으며 머리를 깊숙이 숙인, 매우 귀엽게 생긴 당나귀 마가르가 마치 생각에 잠긴 듯이 걷고 있었다. 그놈은 어느 중대장이 터키에서 데려왔다.

랴보비치는 앞뒤로 보이는 뒤통수들과 얼굴들을 무심히 바라보았다. 평소 같았으면 그는 꾸벅꾸벅 졸고 있었겠지만, 지금은 새롭고 즐거운 상상에 빠져 있었다. 처음에 부대가 행군을 시작했을 때만 해도, 그에게 있어 입맞춤 사건은 하나의 작고 비밀스러운 체험일 뿐이었다. 그는 그 사건이 사실 따져 보면 아무것도 아니며, 깊이 고민할 필요도 없는 사소한 일에 불과하다고 자신을 설득하려 했다. 하지만 그는 곧 그런 복잡한 생각을 버리고, 자신의 모든 것을 상상에 내던져 버렸다. 그는 폰 라베크의 거실에서 라일락 숙녀를 닮거나 검은 드레스를 입은 금발 아가씨와 비슷하게 생긴 어떤 아가씨와 함께 있는 자신의 모습을 상상하기에 이르렀다. 그는 상상 속에서 아가씨들과 이야기를 나누기도 했고, 애무하기도 했으며, 종종 그녀들의 아름다운 어깨에 자신의 몸을 기대기도 했다. 게다가 그녀들과 다투거나 이별하거나 재회하기도 했다. 또 아내와 아이들과 함께하는 저녁 식사의 한 장면을 떠올리기도 했다.

"그만 정지!"

내리막길이 나오면, 이런 명령 소리가 들려왔다.

그도 "그만 정지!"라고 외쳤다. 하지만 그런 고함 때문에 자신의 상상이 깨지며 현실로 곧바로 돌아오는 것이 마냥 두려워졌다.

랴보비치는 어느 지주의 영지를 지나면서, 울타리 너머로 정원을 들여다보았다. 어린 자작나무들 사이로, 마치 긴 자처럼 곧고 길게 뻗은 노란 모랫길이 눈에 들어왔다. 그는 그 노란 모랫길을 걸어가는 여인의 작은 발을 상상했다. 그러자 갑자기 자신에게 입을 맞춘 여인의 모습이 드러났다. 어제 저녁 식사 내내 그려 본, 그 미지의 여인이 또렷이 나타났다. 그 모습은 그의 뇌리에 뚜렷이 남아 그를 떠나지 않았다.

정오가 되자, 뒤쪽 짐마차 부근에서 고함이 들려왔다.

"전체 차렷! 차를 보라! 장군님이시다!"

여단장이 두 마리의 흰말이 끄는 마차를 타고 지나갔다. 그는 2중대 부근에 멈추어 서서 뭐라고 외쳤다. 하지만 아무도 그의 말을 알아듣지는 못했다. 랴보비치와 장교 몇 명이 여단장 앞으로 뛰어갔다.

"그래, 어떤가? 별일은 없었나?"

장군은 충혈된 눈을 깜박거리면서 물었다.

"환자는 있는가?"

장군은 몸집이 작고 바짝 말랐다. 그는 중얼거리면서 잠시 생각에 잠겼다. 그러고는 장교 한 사람에게 이렇게 말했다.

"자네 중대 세 번째 대포 앞에 누군가 무릎받이를 풀어서 앞 수레에 걸어 놓았더군. 누군가? 반드시 찾아내어 징계를 내리도록 하게."

그러고 나서 그는 랴보비치를 향해 말했다.

"그리고…… 자네 중대에는 대포에 맨 끈이 너무 길더군."

장군은 몇 마디 더 길게 지적하고 나서, 로비트코를 보며 웃었다.

"로비트코 중위, 자네는 오늘 몹시 슬픈 표정을 짓고 있군. 로푸호바 부인이 그리워서 그러는 건가? 그래? 제군들, 이 친구가 로푸호바 부인이 그리워서 미치겠다는군."

로푸호바는 오래전에 마흔을 넘긴 여자였다. 게다가 그녀는 매우 뚱뚱하고 키가 컸다. 장군은 몸이 큰 여인을 보면 나이와 상관없이 무척 좋아했다. 그는 자신의 휘하 장교들이 어떤 여성 취향을 가졌는지 궁금해했다. 장교들도 수줍은 미소를 지었다. 연대장은 자신의 농담에 만족스러운 나머지 큰 소리로 웃어 댔다. 그는 마부의 등을 톡톡 치면서, 출발하자는 신호를 보냈다. 그렇게 장군의 경례가 끝나자, 마차는 앞으로 행진해 나가기 시작했다.

'내가 지금 상상하는 모든 것은 현재의 나에게는 불가능하고 비현실적인 것으로 여겨져. 하지만 그런 모든 것은 실제로는 매우 평범한 일들에 불과해.'

랴보비치는 장군의 마차 뒤에서 구름처럼 자욱하게 일어나는 먼지를 보면서 이렇게 생각했다.

'이 모든 것은 평범하고, 또 누구에게나 있을 수 있는 일들이야. 저 장군도 한때는 사랑에 빠졌었고, 현재는 결혼해서 아내와 아이가 있지. 바흐체르 대위도 마찬가지야. 저렇게 목덜미가 흉하고 허리가 술통처럼 뚱뚱하지만, 역시 결혼해서 아내가 있으며 그녀에게 사랑을 받는단 말이야. 살리마노프도 거칠고 난폭한 성격을 갖고 있기는 해도, 역시 연애해서 결혼했어. 그래, 나라고 다를 건 없어. 나도 언젠가는 이 사람

들과 똑같은 경험을 반드시 하게 될 거야……'

그는 자신도 그들과 다를 바 없는 평범한 사람이며, 자신도 반드시 평범한 삶을 살게 될 것이라고 생각했다. 그는 이렇게 생각하자 기뻤고 용기가 생겼다. 그는 미지의 여인과 이루고 싶은 행복을 대담하게 상상했고, 그런 상상을 하는 자신을 더는 부끄러워하지 않았다.

이윽고 저녁이 되자, 부대가 병영에 도착했다. 장교들은 각자 천막으로 들어가서 휴식을 취했다. 랴보비치, 메르즐랴코프, 로비트코는 큰 궤짝 주위에 둘러앉아 저녁 식사를 했다. 메르즐랴코프는 천천히 음식을 먹으면서, 자신의 무릎 위에 올려놓은 〈유럽 통보〉를 읽었다. 로비트코는 쉬지 않고 말하면서, 자신의 술잔에 맥주를 부었다. 랴보비치는 온종일 공상을 한 탓인지, 힘이 쭉 빠져서 아무 말없이 맥주를 마셨다. 그는 석 잔을 연거푸 마시자 취기가 돌면서 힘이 빠졌다. 그는 자신이 느끼고 있는 그 새로운 느낌을 동료들에게 전하고 싶은 마음을 도저히 억누를 수 없었다.

"폰 라베크 집에서 이상한 경험을 했네."

그는 아주 무심하지만 이상하다는 듯한 말투로 이야기를 시작했다.

"나는 그때 당구실로 가고 있었단 말이야……."

그는 매우 자세하고 조심스럽게 이야기를 꺼냈다. 하지만

1분 만에 입을 꽉 다물어야 했다. 그냥 이야기가 다 끝나 버린 것이었다. 그 이야기를 하는 데 1분이라는 시간밖에 소요되지 않다니, 정말 뜻밖이었다. 그는 마음 같아서는, 다음 날 아침까지도 그 입맞춤 사건에 대해서 줄줄이 이야기할 수 있을 거라고 생각했다.

랴보비치가 말을 마치자, 평소에 거짓말을 잘하는 탓에 그 누구의 이야기도 잘 믿지 않는 로비트코가 의심스러운 듯 그의 얼굴을 바라보며 싱긋 웃었다. 메르즐랴코프는 눈살을 찌푸린 채, 〈유럽 통보〉에서 눈을 떼지 않고 말했다.

"참, 이상하네. 느닷없이 이름도 부르지 않고 목에 착 매달리다니…… 아마도 미친 여자였을 거야."

"그러고 보니 정말 그런 것 같군."

랴보비치도 동의했다.

"나도 예전에 비슷한 일을 한 번 겪었어."

로비트코가 눈을 크게 뜨며 말했다.

"작년에 코브노로 갈 때였어. 기차 안에서 벌어진 일이야. 이등 열차 칸이었지. 사람들이 너무 많아서 도무지 잠을 잘 수가 없었어. 그래서 차장에게 50코페이카를 주었지. 그랬더니 그는 여행 가방을 들어 주면서 특별실로 나를 데려다주더군. 나는 그곳에 드러누워서 담요를 덮었어. 주변이 어두웠지. 알겠어? 갑자기 인기척이 나고 누군가가 내 어깨를 만지

더니, 내 얼굴에 입김을 불어 넣는 거야. 한쪽 손을 움직여 보
니, 누군가의 팔꿈치가 느껴졌어. 그때 눈을 떴더니, 믿을 수
있겠나? 바로 여자였어. 검은 눈에 싱싱한 연어 같은 붉은 입
술, 코로 정열적인 숨을 쉬는…… 아, 가슴은 어찌나 크고 봉
긋하던지 말이야……."

"잠깐 기다리게."

메르즐랴코프가 조용히 말을 가로막았다.

"가슴은 그냥저냥 믿음이 가지만, 어두운 곳에서 어떻게
입술을 보았단 말인가?"

로비트코는 메르즐랴코프의 둔한 감각을 한껏 비웃었다.
랴보비치는 기분이 조금 상했다. 그는 궤짝 근처에서 떠나 자
신의 자리에 그대로 누웠다. 그러고는 두 번 다시 그 일에 대
해서 그들에게 털어놓지 않으리라 다짐했다.

야영 생활이 시작되었다. 조금도 다름없는 하루하루가 지
나갔다. 그러한 나날이 지나갈수록 랴보비치는 마치 사랑에
빠진 사람처럼 행동하며 생활했다. 매일 아침 병사가 세숫물
을 가져오면 그는 머리를 찬물 속에 집어넣으면서, 자신의 인
생에도 매우 멋지고 따뜻했던 어떤 한순간이 있었음을 흐뭇
하게 떠올렸다.

밤이 되어 동료들이 자신의 사랑 이야기나 여자 이야기를
꺼내면, 그는 귀를 기울이며 그들 곁에 바짝 다가가 앉았다.

그러고는 마치 전쟁에 관한 이야기를 듣는 것처럼 숨이 막히는 듯한 표정을 지었다. 로비트코를 사냥개처럼 선두에 앞세우고, 무리를 지어 교회 마을로 '돈 후안의 습격'을 시도한 적도 있었다. 랴보비치는 그 습격에 참여하기는 했지만, 그럴 때마다 마음이 매우 우울했다. 그는 죄책감을 느끼는 한편, 미지의 여인에게 마음 깊이 용서를 빌고 있었다. 심심해서 견딜 수 없거나 잠이 오지 않는 밤이면, 그는 어린 시절, 아버지, 어머니, 그리고 자기 자신과 가깝고 친밀한 모든 것을 회상했다. 그때마다 메스체츠키 마을, 특이하게 걷는 말, 폰 라베크, 외제니 황후처럼 생긴 부인, 무척 어두운 밤, 문틈으로 새어 나오는 밝은 빛 같은 것이 차례로 떠올랐다.

그는 8월 31일에 다시 야영을 떠났다. 이번에는 여단 전체가 가는 것이 아니라, 2개 중대만 가는 것이었다. 그는 고향에라도 가는 듯이 흥분했다. 괴상하게 걷는 말, 교회, 가식적인 폰 라베크의 가족들 그리고 어두운 방이 무척 그리웠다. 사랑에 빠진 사람을 속이던 '마음의 소리'는 그가 반드시 그 미지의 여인을 만나게 될 것이라고 말하고 있었다. 그를 괴롭히는 여러 가지 문제가 있었다. 어떤 방법으로 만나게 될까? 만나면 무슨 말을 하지? 그 미지의 여인은 나와 입맞춤한 그날의 사건을 잊지 않고 있을까? 만나지 못하더라도, 그 어두운 방안을 걸어다니며 지난날을 회상하는 것만으로도 즐거운 일이 되리라 생각했다.

저녁이 다가오자, 지평선에는 낯익은 교회와 하얀 석조 창고들이 나타났다. 랴보비치의 가슴이 두근두근 뛰기 시작했다. 그에게는 옆에서 나란히 말을 타고 가며 이야기하는 장교의 말소리조차도 들리지 않았다. 아니, 그는 자신을 둘러싸고 있는 모든 것을 몽땅 잊어버렸다. 그는 멀리 저편에서 반짝이는 강, 저택의 지붕, 지는 햇빛을 받아 빛나는 비둘기 떼의 비행 등을 놓치지 않고 바라보았다.

그는 교회 부근에 도착해 숙영에 관한 지침을 들었다. 그는 그 말을 듣는 동안에도 울타리 너머에서 말을 탄 사람이 갑자기 나타나, 함께 차를 마시러 오라고 초대하기만을 간절히 기다렸다. 하지만 숙영 지침을 다 듣고 장교들이 마을로 내려갈 때까지도 말을 탄 심부름꾼은 나타나지 않았다.

'라베크는 우리가 도착했다는 소식을 농부에게 들었을 거야. 그럼 곧 여기로 사람을 보내겠지.'

랴보비치는 이렇게 생각하며 배정받은 오두막으로 들어갔다. 그런데 그는 동료들이 왜 촛불을 켜는지, 왜 바쁘게 사모바르를 준비하는지 이해할 수 없었다.

그는 마음이 몹시 불안해졌다. 자리에 누웠다가도 다시 일어나 밖을 내다보았다. 말을 탄 사람이 오지 않는 건 아닐까? 아무도 보이지 않았다. 그는 다시 잠자리에 들었다. 하지만 여전히 마음이 불안해서 30분 후에 다시 일어났다. 그는 거리로 나갔고, 결국 교회에 도착했다. 교회 담장 근처의 광장은 매우 컴컴했고, 아무도 없었다. 군인 세 명이 내리막길에 조용히 서 있었다. 그들은 랴보비치를 보자, 놀라서 경례했다. 그도 그들에게 경례했다. 그러고 나서 그는 눈에 익은 좁은 오솔길을 따라 천천히 아래로 내려갔다.

건너편으로 보이는 강둑 위 하늘이 보랏빛으로 물들고 있었다. 이내 달이 떠올랐다. 아낙네 두 명이 큰 목소리로 이야기하며, 양배추 잎을 따고 있었다. 채소밭 너머에는 몇 채 남지 않은 오두막집들이 더러 보였다. 하지만 이쪽 강가는 모든 것이 지난 5월과 같은 풍경이었다. 좁은 오솔길과 숲, 물 위로 가지를 드리운 버드나무…… 단지 다른 점이 있다면 용감한 꾀꼬리의 노랫소리가 들리지 않았다는 것과 포플러와 어린 풀 냄새가 진하게 나지 않는다는 것이었다.

랴보비치는 정원에 도착해서 쪽문 안을 들여다보았다. 정원은 무척 캄캄하고 조용했다. 보이는 것이라고는 가까이에 서 있는 자작나무의 하얀 줄기와 오솔길뿐이었다. 그 밖에는 모두 커다란 어둠 속에 숨어 있었다. 랴보비치는 귀를 바짝 기울이고 주위를 살폈다. 하지만 15분 정도 지나도 부스럭거리는 소리 하나 들리지 않고, 불빛 하나도 보이지 않았다. 결국 그는 뒤로 물러나 힘없이 되돌아갔다.

랴보비치는 냇가로 내려갔다. 앞쪽에는 장군의 목욕탕이 보였고, 작은 다리 난간에 걸쳐 놓은 시트도 보였다. 그는 다시 다리 위로 올라가 잠시 서 있다가, 시트를 가만히 만져 보았다. 시트는 거칠고 차갑게 느껴졌다. 그는 아래쪽의 강물을 내려다보았다. 그때처럼 강물은 빠르게 흐르고 있었다. 목욕탕 말뚝 근처에서 물 흐르는 소리가 아주 작게 들려왔다. 밝은 달이 왼쪽 강변을 비췄다. 작은 물결은 끊임없이 달을 가지고 놀며, 이런저런 달그림자 모양을 만들어 냈다.

'참, 어리석다. 얼마나 바보 같은 짓인가.'

랴보비치는 흘러가는 강물을 바라보며 생각했다.

'이 모든 것은 정말로 어리석기 그지없구나.'

그는 아무것도 기다리지 않게 된 그때가 되어서야 입맞춤 사건과 초조한 생각, 그리고 어떤 막연한 희망을 품는 일도 모두 다 부질없다는 것을 비로소 깨닫게 되었다. 장군 댁에서 말을 탄 사람을 보내지 않는 것도, 그리고 다른 사람 대신에 우연히 자신에게 입을 맞춘 그 여인을 앞으로 영영 다시 보지 못하리라는 것도 전혀 이상한 일이 아니었다. 어쩌면 그에게는 그 미지의 여인을 다시 만난다는 것이 오히려 더 이상한 일일지도 몰랐다.

강물은 무엇 때문인지 모르게, 아무도 알지 못하는 곳으로 흘러갔다. 지난 5월에도 그렇게 강물은 흘러갔다. 지난 5월의 그 물은 큰 강으로 흘러간 뒤, 강에서 바다로 이어졌을 것이다. 또 어쩌면 그 물은 증발해서 비로 모습을 바꾸었다가 쏟아져 내려, 다시 지금 랴보비치의 눈앞으로 흘러가고 있는지도 몰랐다. 그럼 그것은 무엇을 위해서? 어째서 그렇게 되는 걸까?

랴보비치는 세상과 모든 인생살이가 도저히 이해할 수 없고 목적지가 없는, 그저 하나의 장난처럼 느껴졌다. 그는 강물에서 눈을 거두고 하늘을 올려다보았다. 그는 운명이 어떻게 그에게 미지의 여인을 선물했는지를 생각했다. 그리고 그 여름 내내 자신이 어떤 장면들을 꿈꾸었는지를 떠올렸다. 그러고 나서 그는 자신의 인생이 몹시 비루하고, 비참하며, 형편없다는 사실을 비로소 느꼈다.

한참 뒤, 그는 숙소로 돌아왔다. 그런데 숙소에는 아무도 없었다. 그는 병사의 보고를 통해 젊은 장교 모두가 장군의 저택에 초대되어 그곳에 갔다는 사실을 알게 되었다. 랴보비치의 가슴에는 금세 기쁨의 불길이 타올랐다. 하지만 그는 그 불씨를 스스로 끄고 나서, 침대에 곧바로 누웠다. 그러고는 도저히 참을 수 없는 자신의 운명에 반발하기 위해, 마치 운명이 자기 자신을 애석하게 여기도록 하려는 것처럼 그는 일부러 장군의 저택에 가지 않았다.

불행

　　공증인 루반체프의 아내, 소피야 페트로브나는 스물다섯 살쯤 된 젊고 아름다운 여인이었다. 그녀는 이웃 별장에 사는 변호사 일리인과 조용히 오솔길을 거닐었다. 오후 5시가 넘은 시간이었다. 오솔길 위 하늘에는 흰 솜털 구름이 뭉게뭉게 떠 있었다. 구름 사이로 파랗게 반짝이는 조각하늘이 보였다. 구름은 높은 노송 끝에 걸린 듯 움직임 없이 떠 있었다. 무척이나 조용하고 무더운 날이었다.

　　오솔길 앞은 낮은 철도 노반(철도 부설을 위해 잘 다져 놓은 땅바닥)에 의해 막혀 있었다. 오늘은 어쩐 일인지, 총을 든 보초가 노반 위를 왔다 갔다 걷고 있었다. 노반 뒤로는 녹슨 지붕에 여섯 개의 둥근 누각이 있는 커다란 교회가 보였다.

"여기서 당신을 만나게 되리라고는 꿈에도 생각지 못했어요."

소피야 페트로브나는 눈을 내리깔며 말했다. 그녀는 양산 끝으로 길가에 떨어진 나뭇잎을 건드렸다.

"하지만 지금 만나게 된 걸 다행이라고 생각해요. 나는 당신과 마지막으로 솔직한 이야기를 나누고 싶었으니까요. 제발 부탁인데 이반 미하일로비치, 당신이 정말로 나를 사랑하고 존경한다면, 이제는 나를 그만 쫓아다니지 마세요. 당신은 그림자처럼 내 뒤를 따라다니고, 늘 이상한 눈길로 날 바라보곤 하지요. 때론 사랑을 고백하기도 하고, 때론 이상한 편지를 쓰기도 하고……. 도대체 이 모든 일이 언제 끝나게 될지 정말로 모르겠어요. 어쩌자고 나한테 자꾸만 이러시는 거예요, 네?"

일리인은 아무 말없이 가만히 있었다. 소피야 페트로브나는 몇 걸음 걷고 나서, 다시 말했다.

"우리가 서로 알게 된 지도 5년이 되었네요. 하지만 최근 2~3주 동안 당신은 너무 많이 변했어요. 나는 당신의 마음을 잘 모르겠어요, 이반 미하일로비치!"

소피야 페트로브나는 힐끗 동행인을 쳐다보았다. 일리인은 눈을 가늘게 뜬 채, 솜털 구름을 물끄러미 바라보고 있었다. 그의 표정은 무척 괴로워 보였다. 그와 동시에 말도 안 되는 말을 억지로 들어야 하는 사람의, 변덕스러우면서도 산만한 표정이 그대로 드러났다.

"당신이 그걸 이해할 수 없다니, 참 놀랍군요."

루뱐체프 부인은 어깨를 흠칫하며, 말을 계속 이어 나갔다.

"당신은 정말 파렴치한 장난을 시작했어요. 나는 결혼한 사람이에요. 또 남편을 존경하고 사랑한다고요. 게다가 딸도 있어요. 당신에겐 이 모든 것이 아무렇지도 않은 건가요? 당신과 나는 오랜 친구이니, 가족을 향한 내 사랑이나…… 일반적인 가족 관계에 대한, 내 생각이나 윤리 같은 것을 아주 잘 알고 있잖아요."

일리인은 화가 난 것처럼 투덜거리며 한숨을 내쉬었다.

"가족의 생활 윤리라……."

일리인이 이렇게 중얼거렸다.

"아아, 하느님 맙소사!"

"네, 그래요. 나는 남편을 사랑하고 무척 존경해요. 어떤 일이 있더라도, 나는 가정의 평화를 소중하게 생각해요. 내 남편 안드레이와 딸을 불행에 빠뜨리느니, 나는 차라리 죽음을 선택하겠어요. 그러니까 제발 부탁이에요, 이반 미하일로비치! 제발 나를 조용히 내버려 둬요. 예전처럼 나의 선량하고 좋은 친구가 되어 줘요. 당신 얼굴과 어울리지 않는 한숨이나 탄식 같은 것은 그만두세요. 이것으로 모든 것이 해결됐고, 끝났어요. 그러니까 더는 이런 말을 하지 말아요. 우리 이제 다른 이야기를 하도록 해요."

소피야 페트로브나는 일리인의 얼굴을 다시 한번 살펴보았다. 일리인은 하얗게 질린 채 멍하니 하늘을 바라보다가 화를 억지로 참기 위해 떨리는 입술을 지그시 깨물었다. 루뱐체프 부인은 일리인이 화내며 분개하는 까닭을 알 수 없었다. 하지만 일리인의 창백한 얼굴빛을 보자, 그녀는 측은한 마음이 들었다.

"그렇게 화만 내지 말고, 나의 진정한 친구가 되어 주세요."

그녀가 정답게 말했다.

"알겠지요? 자, 이제 우리 악수해요."

일리인은 그녀의 작고 고운 두 손을 잡고는 자신의 입술로 천천히 가져갔다.

"나는 철없는 풋내기가 아닙니다."

일리인이 중얼거렸다.

"나는 사랑하는 여인과의 우정에는 전혀 관심이 없다고요."

"이제 그만, 그만해요. 모든 게 다 해결됐고 끝났어요. 어느새 벤치까지 왔네요. 자, 거기에 앉아요."

소피야 페트로브나의 마음은 아주 넉넉한 느낌으로 가득 찼다. 왜냐하면 가장 어렵고 힘든 문제에 대해서 다 이야기했고, 괴로운 문제도 이쯤이면 다 해결되었다고 볼 수 있기 때문이었다. 이제 그녀는 가볍게 한숨을 내쉬면서, 일리인의 얼굴을 제대로 바라볼 수 있었다. 사랑에 빠진 남자에게 사랑받는, 여자의 이기적인 우월감으로 말미암아 그녀의 마음은 흐뭇하고 행복했다. 일리인은 사내답게 생긴 얼굴에 새까만 턱수염을 기른, 매우 강인하고 거대한 남자였다. 게다가 현명하고, 교양이 있으며, 재능도 있었다. 그녀는 그런 남자가 자기 옆에 얌전히 앉아서 고개를 숙이고 있는 것을 보니, 무척 마음이 즐거웠다.

"아직 해결된 것은 아무것도 없어요."

일리인이 말문을 열었다.

"당신은 마치 교과서를 읽듯이 말하고 있군요. '나는 남편을 사랑하고 존경해요. 또 가정의 윤리는 이러이러해요.'라는 식으로 말이에요. 구태여 당신이 말하지 않더라도, 나는 그 모든 것에 관해 잘 알고 있어요. 어쩌면 그런 것들에 대해 당신에게 더 많은 것을 말해 줄 수도 있어요. 솔직히 나는 내 행동이 죄스럽고 그와 동시에 부도덕하다고 생각합니다. 하지만 어쩌겠어요? 이미 모두 알고 있는 걸 다시 말해서 뭐합니까? 그런 입에 발린 소리보다는 내가 앞으로 어떻게 해야 할지를 알려 주는 편이 더 낫지 않을까요?"

"나는 당신에게 떠나라고 말했어요."

"당신도 잘 알다시피, 나는 이미 다섯 번이나 당신 곁을 떠났어요. 하지만 곧 되돌아왔지요. 당신에게 직행 기차표를 보여 줄 수도 있어요. 나는 그걸 모두 간직하고 있습니다. 나는 절대 당신을 떠날 수 없어요. 나는 나 자신과 싸우고 있습니다. 하지만 나는 수양이 부족하고 마음이 약해서 별 도리가 없어요. 나의 천성과는 싸울 수가 없어요. 알겠어요? 싸울 수 없다고요. 내가 여기서 떠난다고 하더라도, 나의 천성이 내 옷깃을 꼭 붙잡을 겁니다. 정말 저속하고, 추악하며, 무력한 존재지요!"

일리인은 얼굴이 발갛게 상기된 채, 자리에서 일어나 벤치 주변을 서성거리기 시작했다.

"마치 개처럼 으르렁거리고 있네."

일리인은 주먹을 쥐며 투덜거렸다.

"나는 나 자신을 증오하고 경멸합니다. 아아, 불량한 소년처럼 남의 부인 뒤를 쫓아다니다니. 바보 같은 편지질이나 하면서 자신을 비하하고 있다니……."

일리인은 머리를 쥐어뜯으며 투덜대다가 자리에 앉았다.

"하지만 당신도 그리 진실하지는 않아요."

일리인은 슬픔을 느끼며 말을 이었다.

"만일 당신이 내 행동에 반대한다면, 왜 이곳에 왔나요? 당신은 무엇 때문에 여기에 온 거지요? 나는 그저, 당신에게 보낸 편지에 찬성하느냐, 반대하느냐는 말만 물었습니다. 맞아요. 나는 당신의 분명하고 솔직한 대답만을 원했습니다. 당신은 결정적인 대답 대신에, 매일 '우연히' 나와 만날 기회를 만들었어요. 그러고는 교과서에 나올 법한, 판에 박힌 말들만 되풀이하고 있습니다."

루뱐체프 부인은 깜짝 놀라며 얼굴을 붉혔다. 그녀는 행실이 바른 부인이 뜻밖의 일로 벌거벗은 몸을 들켰을 때처럼 매우 난처하고 거북한 수치심을 느꼈다.

"당신은 내가 지금 장난을 치고 있다고 생각하는군요."

그녀는 중얼거렸다.

"난 항상 당신에게 솔직한 대답만을 했어요. 오늘도 당신에게 그걸 부탁드린 거고요."

"아, 이런 일에 간청하다니요? 만일 당신이 저리로 가고 분명히 말했다면, 난 이미 오래전에 이곳에 없었을 겁니다. 하지만 당신은 내게 그렇게 하지 않았어요. 당신은 단 한 번도 분명히 대답한 적이 없어요. 항상 이상하고 애매하게만 답했지요. 정말로 당신은 나를 갖고 노는 건가요? 그게 아니라면 도대체⋯⋯."

일리인은 말끝을 흐린 후, 두 주먹으로 머리를 받쳤다. 소피야 페트로브나는 지금까지의 자신의 행동을 처음부터 끝까지 곰곰이 떠올려 보았다. 그녀는 행동뿐만 아니라, 마음속 깊은 곳에서도 일리인의 사랑을 거절해 왔다는 사실을 떠올렸다. 일리인의 말에도 거짓이 없다는 생각이 들었다. 하지만 그녀는 무엇이 진실인지 알 방법이 없었다. 그녀는 아무리 생각해 보아도 일리인의 불평에 답할 적당한 말이 떠오르지 않았다. 그렇다고 해서 가만히 있는 것도 쑥스러워서, 그녀는 어깨를 으쓱하고 나서 이렇게 말했다.

"그럼 내게도 잘못이 있다는 거군요?"

"나는 당신의 불성실함을 비난하려고 한 건 아닙니다."

일리인은 한숨을 내쉬었다.

"어떻게 하다 보니 말이 그렇게 나왔을 뿐이지요. 당신의 불성실함은 아주 당연하고 자연스러운 일이에요. 만일 세상의 모든 사람이 합심해서 갑자기 성실한 사람들이 되어 버린다면, 이 세상의 모든 것은 뒤죽박죽이 될 겁니다."

소피야 페트로브나는 철학을 논할 처지가 아니었지만, 화제를 바꿀 기회가 주어진 것에 기뻐하며 이렇게 물었다.

"그건 왜 그렇지요?"

"왜냐하면 야만인이나 짐승들만이 성실하기 때문이지요. 문명이 여자의 정숙함에 대한 요구를 충족시켰다면, 그건 이미 성실함과는 어울리지 않습니다."

일리인은 화내며 지팡이로 모래를 마구 파헤쳤다. 루뱐체프 부인은 그의 말에 귀를 기울였다. 그의 말은 대부분 이해할 수 없었다. 하지만 그의 이야기는 마음에 와닿았다. 루뱐체프 부인은 무엇보다도 재능 있는 한 남자가 자기처럼 평범한 여자와 '분별 있는' 이야기를 논하는 것, 그 자체가 마음에 들었다. 또 그녀는 파리하며 창백한 젊은이의 얼굴이 생기가 넘쳤다가 화내는 등 변화무쌍하게 움직이는 모습에서 큰 만족감을 느꼈다. 그녀는 많은 것을 이해하지 못했다. 하지만 지성인다운 일리인의 대담함은 분명히 느낄 수 있었다. 그는 한 치의 주저함도 없이 문제를 잘 해결해 나갔다. 게다가 아주 중요한 문제를 해결함과 동시에 최종적인 결론을 이끌어 내곤 했다.

그녀는 문득, 이 남자에게 끌리는 자신의 마음을 발견하고는 아주 깜짝 놀랐다.

"실례지만, 난 무슨 뜻인지 잘 이해할 수 없어요."

그녀는 서둘러서 말했다.

"당신은 왜 불성실함에 대해 말하는 거지요? 다시 한번 반복해서 말씀드리겠어요. 그저 나에게 좋은 친구가 되어 주세요. 나를 그냥 조용히 내버려 둬요. 진심으로 부탁드릴게요."

"좋습니다. 좀 더 노력해 보지요."

일리인은 한숨을 내쉬었다.

"말씀하신 대로 노력해 보겠습니다. 하지만 그 결과가 어찌 될지, 나는 모릅니다. 내 이마에 총알을 박아 넣을지, 아니면 고주망태의 취객이 될지 모르지요. 어차피 나는 실패를 면하기 힘들 거예요. 모든 것에는 한계가 있습니다. 나의 천성과의 투쟁도 이와 마찬가지라고 생각합니다. 그런데 광기하고는 어떻게 싸우지요? 만일 당신이 술을 마신다면, 그 흥분을 어떻게 극복할 건가요? 만일 당신의 모습이 내 마음속에서 밤낮으로 떠나지 않는다면 어쩌시겠어요? 눈앞에 있는 소나무처럼 내 눈앞에 당신이 늘 서 있다면, 나는 어떻게 해야 하지요? 내 생각, 희망, 꿈, 이 모든 것이 내 것이 아닌, 내 마음속에 도사리고 있는 악마의 것이 되어 버렸을 때 그 저주스럽고 불행한 상태에서 벗어나려면 어떻게 해야 하지요? 내가 도대체 무엇을 어떻게 행동해야 하는지, 제발 가르쳐 주세요. 나는 당신을 사랑합니다. 당신을 너무나 사랑해서 이미 정상에서 벗어났어요. 이제 일과 친구들도 버렸습니다. 아, 맞아요. 신마저도 잊어버렸습니다. 나는 지금까지 살아오면서, 이렇게 사랑해 본 적이 단 한 번도 없습니다."

소피야 페트로브나는 전혀 예상치 못했던 대답을 듣고는 일리인으로부터 물러섰다. 그러고는 깜짝 놀라 그의 얼굴을 바라보았다. 그의 두 눈에는 눈물이 글썽거렸고, 입술은 연신 바르르 떨리고 있었다. 그는 무언가 굶주린 듯이 애원하는 표정을 지었다.

"나는 당신을 사랑합니다."

그는 그녀의 겁먹은 듯 보이는 커다란 눈앞에 자신의 두 눈을 가져가면서 중얼거렸다.

"당신은 너무나 아름답습니다. 하지만 나는 괴로워요. 나는 몹시 괴롭지만 당신의 눈을 이렇게 마냥 바라볼 수만 있다면, 나는 평생 이렇게 앉아 있겠습니다. 하지만…… 제발 아무 말도 하지 마세요."

소피야 페트로브나는 갑자기 일격을 당했다고 생각했다. 그녀는 일리인을 물러나게 할 만한 적당한 말을 급히 생각해내려고 했다. 그녀는 가 버려야겠다고 결심했다. 하지만 그녀가 일어나려고 움직이기도 전에, 일리인은 그녀의 발아래에 무릎을 꿇었다. 그는 소피야의 무릎을 끌어안은 채, 그녀의 얼굴을 올려다보며 정열적인 어조로 열정적인 말들을 쏟아부었다. 그녀는 공포와 혼란 때문에 그의 말을 알아들을 수 없었다. 하지만 따뜻한 욕탕 안에 있는 것처럼 무릎이 기분 좋게 죄어들었다. 그 위태로운 순간, 그녀는 알 수 없는 사악한 간교함을 느끼며 자신의 내면에서 이상한 충동이 솟아오르고 있는 것을 깨달았다. 그녀는 정숙한 유부녀의 저항 대신 주정뱅이에게서나 볼 수 있는 무력함과 나태함, 그리고 공허함으로 충만한 자기 자신을 발견하자 화가 치밀었다. 다만 마음 아주 깊은 곳, 저 멀리 있는 한 조각의 양심이 '너는 어째서 떠나지 않느냐? 떠나야 하지 않느냐?'고 짓궂게 놀렸다. 그녀는 어째서 자신이 거머리처럼 달라붙은 일리인의 손을 완강히 뿌리치지 못하는지 알 수 없었다. 또 누군가가 그들을 보고 있지 않은지 두려워하며, 일리인과 함께 좌우를 살펴본 이유도 알 수 없었다. 뇌물을 주고받는 것을 보았지만, 뒷돈을 받아서 상사에게는 절대로 보고하지 않겠다고 약속한 늙은 수위처럼 소나무와 구름은 꼼짝도 하지 않은 채 서로를 아주 준엄한 눈으로 바라보고 있었다. 보초가 말뚝처럼 노반 위에 서서 그들이 있는 벤치 쪽을 쳐다보고 있는 것 같았다.

'볼 테면 보라지.'

소피야 페트로브나는 생각했다.

"하지만……. 하지만 내 말을 제발 들어 봐요."

그녀는 결국 절망적인 목소리로 말했다.

"어째서 이런 짓을 하는 거예요? 앞으로 무슨 일이 일어날까요?"

"모릅니다. 아무것도 모르겠어요."

그는 손을 내저었다. 그러고는 자신에게 주어진 듣기 싫은 질문을 피하며 속삭였다.

목이 쉰 듯한 기관차의 시끄러운 기적 소리가 들려왔다. 외부에서 들리는, 매우 일상적으로 반복되는 차가운 소리를 들으며 루반체프 부인은 제정신으로 돌아왔다.

"이제 시간이 없어요. 가 봐야 해요."

그녀는 황급히 일어나며 말했다.

"기차가 오고 있다고요. 남편 안드레이가 저 기차를 타고 올 거예요. 남편에게 저녁을 차려 주어야만 한다고요."

소피야 페트로브나는 상기된 얼굴로 노반 쪽을 바라보았다. 기관차가 천천히 지나갔고, 그 뒤로 차량이 보였다. 루반체프 부인이 생각했던 별장행 기차가 아니라 화물 열차였다. 차량은 마치 인생의 나날들을 보여 주듯 꼬리에 꼬리를 물고 길게 이어졌다. 흰 교회를 배경으로 한 차량은 끝이 없는 것처럼 보였다. 결국 긴 차량 행렬이 끝나고, 기관사가 타고 있는 불 켜진 차량이 푸른 숲 너머로 사라져 갔다. 소피야 페트로브나는 재빨리 몸을 돌렸다. 일리인 때문이 아니라 자신의 소심하고 파렴치한 행동 때문에 모욕을 느낀 것이다. 그녀는 남편이 아닌 다른 남자가 자신의 무릎을 껴안았다는 수치심 때문에 얼굴이 화끈 달아올랐다. 그녀는 한시바삐 가족이 있는 별장으로 돌아가야겠다고 생각했다. 일리인은 간신히 그녀를 뒤따라갔다. 숲길에서 좁은 오솔길로 오면서, 그녀는 일리인의 무릎에 묻은 모래만 바라보았을 정도로 재빨리 그를 뒤돌아보았다. 그녀는 그를 향해 뒤따라오지 말라고, 한 손을 내저어 보였다.

소피야 페트로브나는 별장으로 달려온 후, 5분쯤 자신의 방에서 아무것도 하지 않은 채 그냥 서 있었다. 그녀는 창문을 바라보다가 책상을 바라보았다.

"이런 몹쓸 년!"

그녀는 자책했다.

"이런 몹쓸 년!"

그녀는 자신을 자꾸 나무랐다. 그러면서 모든 것을 빠짐없이 꼼꼼하게, 하나도 남김없이 떠올려 보았다. 그녀는 언제나 일리인의 사랑을 거절해 왔다. 하지만 그녀는 그와 이야기를 나누는 것을 좋아했다. 그뿐만이 아니었다. 그가 자신의 발밑에 몸을 던져 엎드렸을 때, 그녀는 분명히 이상야릇한 희열을 느꼈다. 한편으로는 수치심에 얼굴을 붉히면서, 동시에 자신의 뺨을 후려갈기고 싶은 충동도 느꼈다.

'불쌍한 안드레이.'

그녀는 남편을 떠올리며, 상냥한 표정을 지어 보려고 애썼다.

'불쌍한 내 딸 바랴. 그 아이는 자기 엄마가 어떤 여자인지 모르고 있겠지. 나를 용서해 다오. 그리고 사랑하는 사람들아. 나는 정말 당신들을 진심으로 사랑해. 정말이야……'

그녀는 자신이 여전히 좋은 아내이자 엄마이며, 일리인에게 말한 가족의 기본 윤리를 아직 더럽히지 않았음을 자신에게 입증하고 싶어졌다. 그녀는 부엌으로 달려가서, 아직 남편을 위해 식탁을 차리지 않은 요리사를 혼냈다. 그녀는 피로와 공복에 지친 남편의 모습을 떠올리면, 남편이 불쌍하다고 큰 소리로 말했다. 또 그녀는 직접 음식을 만들었다. 그녀는 지금까지 단 한 번도 남편을 위해 손수 식탁을 차려 본 적이 없었다. 얼마 뒤, 그녀는 딸 바랴를 발견했다. 그녀는 감격에 겨워서 두 손으로 딸을 껴안았다. 딸은 무겁고 차갑게 느껴졌다. 그녀는 빨리 그런 생각에서 벗어나고 싶어서 아빠가 얼마나 정직하고 훌륭하며 좋은 사람인지를 딸에게 열심히 설명하기 시작했다.

하지만 잠시 후, 안드레이 일리치가 집에 도착하자 그녀는 남편과 인사도 제대로 나누지 못했다. 거짓으로 점철된 감정은 그저 초조함과 괴로움을 남겼을 뿐이었다. 그런 거짓 감정은 아무런 도움도 되지 못한 채 사라졌다. 그녀는 창가에 앉아 괴로워하며 화를 냈다. 사람들은 불행과 맞닿아 있어야만 비로소 자신의 감정과 생각을 스스로 지배하기가 얼마나 힘든지를 깨닫게 된다. 그 후, 소피야 페트로브나는 자신의 감정을 "그때는 모든 게 엉망진창이어서 빠르게 날아가는 참새들을 세기가 힘든 것처럼 사리를 분별하기가 무척 힘들었다."라고 표현했다. 그녀는 남편이 집에 도착한 것이 하나도 기쁘지 않았다. 심지어 식탁에서 보이는 남편의 태도가 마음에 들지 않아서 남편을 미워하기 시작했다는 이상한 결론을 내리기까지 했다.

피로와 허기에 지친 안드레이 일리치는 수프가 나오기를 기다리다가 소시지부터 냉큼 먹었다. 그것도 관자놀이를 실룩거리면서 아주 게걸스럽게 먹어 치웠다.

'이런, 세상에!'

소피야 페트로브나는 생각했다.

'나는 남편을 사랑하고 존경해. 하지만 왜 저렇게 소리를 내며 게걸스럽게 먹는 걸까?'

그녀는 혼란스러운 감정 못지않게 남편에 대한 생각에도 혼란이 일었다. 경험이 없는 사람들이 흔히 그렇듯, 그녀는 불쾌한 생각과 싸우면서도 있는 힘을 다해 자신의 불행을 생각하지 않으려고 애썼다. 하지만 그러면 그럴수록 일리인의 그 모습, 그의 무릎에 묻은 모래, 솜 같은 구름, 기차 등이 더욱 선명하게 그녀의 머릿속에 떠올랐다.

'왜 나는 오늘, 바보같이 그곳에 갔던 걸까?'

그녀는 무척 괴로웠다.

'나는 정말로 스스로를 책임질 수 없는 여자인가?'

두려움은 꼬리에 꼬리를 물고 두려움을 낳는 법이다. 안드레이 일리치가 마지막 접시를 비우고 나서 일어났을 때였다. 그녀는 모든 것을 남편에게 털어놓고, 위험에서 벗어나자고 굳게 결심했다.

"저, 안드레이! 당신과 신중하게 상의할 문제가 있어요."

그녀는 식사를 끝내고 자리에 누워 쉬기 위해 프록코트와 장화를 벗고 있는 남편에게 말했다.

"무슨 일이야?"

"이곳을 떠났으면 좋겠어요."

"음…… 어디로 간단 말이지? 시내로 돌아가기에는 아직 이른데……."

"아니, 여행을 함께 가요. 어디론가 떠나 버려요……."

"여행이라……."

그는 기지개를 켜며 중얼거렸다.

"나도 때로는 여행을 꿈꾸지. 그런데 우리에게 그럴 돈이 있어야지. 또 사무실은 누구한테 맡겨 놓고?"

그는 잠시 생각하더니 이렇게 덧붙였다.

"당신은 좀 지루한 모양이군. 정 여행을 가고 싶으면 혼자서라도 다녀와요."

소피야 페트로브나는 남편의 의견에 동의했다. 하지만 그녀는 일리인이 이런 기회가 생긴 사실을 기뻐할 것이라고 생각했다. 또 그녀는 일리인과 함께 기차를 타고 여행을 떠나는 상상을 해 보았다. 이러한 상상을 하던 그녀는 마음껏 식사하면서 여전히 피곤함에 절어 있는 남편을 바라보았다. 줄무늬

양말을 신고 있는, 마치 여자 발처럼 무척이나 작은 남편의 발에 시선이 갔다. 양쪽 양말 끝에는 실밥이 비죽 삐져나와 있었다.

커튼 뒤에서 유리창에 부딪친 호박벌이 앵앵 소리를 내고 있었다. 소피야 페트로브나는 양말의 실밥을 바라보며, 호박벌이 앵앵거리는 소리를 들었다. 그녀는 기차를 타고 가는 자신의 모습을 상상했다. 일리인은 밤낮으로 맞은편에 앉아 자신의 무기력함에 화를 내기도 한다. 또 마음의 고통으로 질리면서도 그녀에게서 시선을 떼지 않는다. 그는 자신을 불량한 소년으로 자처하고, 그녀를 나무라기도 한다. 또 자신의 머리카락을 쥐어뜯는다. 그는 어두워지기를 기다렸다가, 승객들이 잠들거나 정거장으로 나간 틈을 타서 그녀 앞에 다시 무릎을 꿇는다. 그러고는 숲속의 벤치에서처럼 그녀의 다리를 꼭 끌어안는다.

그녀는 이러한 상상을 하는 자신을 깨닫고는 깜짝 놀랐다.

"혼자서는 안 가겠어요."

그녀는 말했다.

"당신과 함께 가야 해요."

"소포치카, 그런 농담은 그만둬."

루반체프는 한숨을 내쉬었다.

"그런 실없는 소리는 그만하고, 실현 가능한 말만 하자고."

그녀는 어찌 되었든 간에 떠날 것을 결심하자, 위험에서 벗어났다고 느꼈다. 그녀의 생각과 기분도 점점 정상으로 돌아왔다. 심지어 다른 일을 생각해 볼 여유마저 생겼다. 하지만 그녀는 어디로든 떠나야 했다. 남편이 잠든 사이, 밤이 다가왔다. 그녀는 응접실에 앉아 피아노를 두드렸다. 창밖에 깃든 저녁의 활기와 음악 소리, 그리고 자신이 고통을 잘 이겨내고 있다는 생각에 그녀는 아주 즐거워졌다.

'다른 여자들이 내 입장이었다면……'

그녀의 평온해진 양심이 자신에게 말했다.

'아마 그들은 도저히 견디지 못했을 거야. 어쩌면 회오리바람에 휩쓸려 갔을지도 모르지.'

그녀는 수치심에 어쩔 줄 모르고 괴로워했다. 하지만 지금은 위험에서 벗어나 있었고, 수치심도 조금씩 사라졌다. 그녀는 자신의 정숙함과 결단성에 감동한 나머지, 세 번이나 거울 속에 비친 자신의 얼굴을 바라보았다.

바깥이 어두워지자, 손님들이 모여들었다. 남자들은 카드놀이를 하려고 식당에 자리를 잡았다. 부인들은 응접실과 테라스를 차지했다. 맨 나중에 일리인이 나타났다. 그는 무척 슬퍼 보였다. 마치 병자처럼 침울해 보이기도 했다. 그는 소파 한 귀퉁이에 자리를 잡은 채, 저녁 내내 한 번도 일어나지 않았다. 그는 언제나 명랑하게 이야기하는 것을 좋아했다. 하지만 오늘은 침묵을 지키면서, 얼굴을 찌푸리거나 눈 주변을 긁었다. 누군가가 질문하면 억지웃음을 보이며, 화가 난 듯 무척 퉁명스럽게 대답했다. 그는 대여섯 번쯤 재치 있게 말했지만, 그것도 약간은 거칠고 무례해 보였다. 소피야 페트로브나가 보기에, 그는 신경질을 부리는 것만 같았다. 그녀는 피아노 앞에 앉고서야 이 불쌍한 남자가 지금은 농담할 처지가 아니며, 마음이 너무 아파서 자신의 자리를 찾지 못하고 있다는 사실을 처음으로 또렷하게 알았다. 그는 그녀를 위해 출세도 멀리하고, 청춘을 허비했다. 게다가 마지막 남은 자신의 돈을 별장에 모두 다 써 버렸고, 어머니와 누이들도 내팽개쳐 버렸다. 하지만 가장 중요한 점은 자신과의 고통스러운 싸움에서 지쳐 쓰러졌다는 것이었다. 그래서 어쩌면, 아주 평범한 의미의 인정 때문에라도 그를 성의 있는 태도로 대했어야 했다.

그녀는 그 모든 것을 내면의 고통으로 느낄 정도로 분명히 깨달았다. 만일 그 순간, 그녀가 일리인 옆으로 가서 "안 돼요!"라고 말했다면 어떠했을까. 그는 그녀의 목소리에서 거절하기 힘든, 그 어떤 힘을 알아차렸을 것이다. 하지만 그녀는 그에게 절대 다가가지 않았다. 심지어 한마디 말도 건네지 않았다. 말할 생각도 하지 않았다. 젊은 사람의 이기심이 오늘 저녁처럼 확연하게 느껴진 적은 없었다. 그녀는 불쌍한 일리인이 가시방석 위에 앉은 것처럼 소파에 앉아 있다는 사실을 알았다. 그녀는 일리인 때문에 마음이 무척 아팠다. 그가 고통을 느끼는 만큼 자신을 사랑한다고 생각하자, 그녀의 마음은 육체적 승리감과 더불어 자신의 힘에 대한 자부심으로 가득 찼다. 그녀는 자신의 젊음과 아름다운 미모와 그 누구도 꺾을 수 없는 자존감을 느꼈다. 그녀는 어차피 이곳을 떠날 예정이니, 오늘 밤에는 자신에게 마음껏 자유를 허용하기로 했다. 간혹 그녀는 교태를 부리며, 여기저기에서 깔깔대기도 했다. 또 특별한 감정과 영감을 섞어 가며 노래를 부르기도 했다. 그녀에게는 모든 것이 즐겁고 재미있었다. 그녀는 벤치에서의 사건과 자신을 바라보던 보초를 떠올리며 즐거워하기도 했다. 그녀에게는 손님도, 일리인의 대담하면서도 재치 넘치는 입담도 모두 우스워 보였다. 지금까지 단 한 번도 본 적 없는 그의 넥타이핀마저 우스꽝스럽게 느껴졌다. 그의 넥타이핀은 다이아몬드 눈이 박힌 붉은 뱀을 형상화한 것이었다. 그녀는 그 뱀이 얼마나 우스워 보였던지, 뱀에게 가까이 다가가 입맞춤하고 싶을 지경이었다.

소피야 페트로브나는 기분 좋게 술에 취했다. 그녀는 흥분 속에서 감정적으로 로망스를 불렀다. 마치 타인의 슬픔을 즐거워하듯, 잃어버린 희망과 과거와 노년을 노래한, 매우 슬프고 우울한 곡만 골라서 불렀다.

"노년은 점점 더 다가오는데……."

그녀는 노래했다. 하지만 그녀는 노년에 대해서는 전혀 관심이 없었다.

'내 마음속에 어떤 심상치 않은 일이 일어나는 것 같아…….'

그녀는 웃으면서 노래를 불렀지만, 가끔 이런 생각을 했다.

손님들은 12시가 되자 모두 다 흩어졌다. 일리인은 마지막으로 집에서 나갔다. 소피야 페트로브나에게는 아직 그를 테라스 맨 아래층까지 데려다줄 수 있는 대담한 용기가 남아 있었다. 그녀는 그에게 자신이 남편과 함께 떠난다는 것을 이야기하고 싶었다. 그 이야기가 그에게 어떤 감정의 변화를 주게 될지 확인하고 싶었기 때문이었다.

달은 구름에 가려서 전혀 드러나지 않았다. 하지만 소피야 페트로브나가 그의 외투 자락과 테라스의 커튼이 바람에 나부끼는 것을 볼 수 있을 만큼은 밝았다. 그녀는 일리인의 창백한 얼굴과 억지로 웃으려고 윗입술을 찡그리는 모습을 보았다.

"소냐……. 소네치카……. 나의 소중한 사랑!"

그는 그녀가 말하려는 것을 막으며 중얼거렸다.

"나의 사랑스럽고 소중한 사람!"

그는 갑자기 충동적으로 사랑의 감정에 휩싸여 버렸다. 그러고는 울먹이는 목소리로 더욱더 부드러운 사랑의 언어들을 그녀 앞에 쏟아 냈다. 마치 아내나 애인을 부르듯 '너'라고 불렀다. 그녀에게는 생각지도 않은, 뜻밖의 일이 벌어진 것이었다. 그는 갑자기 한 손으로 그녀의 허리를 껴안고는 다른 한 손으로 그녀의 팔꿈치를 잡았다.

"나의 소중한 여인, 나의 매혹적인 여인……."

그는 그녀의 목에 키스하면서 속삭이기 시작했다.

"이제 솔직해져요. 나에게로 와요."

그녀는 그의 포옹에서 빠져나왔다. 그러고는 분노로 치를 떨고 있는 자신의 모습을 보여 주기 위해 고개를 쳐들었다. 하지만 분노는 드러나지 않았다. 그녀가 자랑했던 정숙함과 순수함도 사실 평범한 여자들과 비슷했다. 그 상황에서 할 수 있는 말은 아주 진부한 말뿐이었다.

"당신은 미쳤어!"

"자, 갑시다!"

일리인이 말을 이었다.

"숲속 벤치 옆에서, 나는 당신도 나처럼 무력하다는 사실을 알게 되었습니다. 소냐……. 당신도 벌을 면할 수 없어요. 당신은 나를 사랑하면서도 자기 양심과 흥정을 벌이고 있는 겁니다."

그녀가 떠나려고 하자, 그는 그녀의 레이스가 달린 소매를 붙들며 말했다.

"오늘이 아니라면 내일이라도, 당신은 반드시 사랑의 힘에 자신을 맡겨야 해요. 왜 시간을 질질 끄는 거지요? 나의 소중하고 사랑스러운 소녀, 이미 모든 판결이 내려졌는데 왜 집행을 미루는 건가요? 왜 자신을 그렇게 속이고 있는 거지요?"

소피야 페트로브나는 그에게서 빠져나와 집 안으로 사라졌다. 그녀는 응접실로 돌아와 습관적으로 피아노 뚜껑을 닫았다. 그녀는 오랫동안 악보의 표지를 들여다보고는 자리에 털썩 주저앉았다. 서 있을 수도 없었고, 생각할 수도 없었다. 흥분에 사로잡힌 그녀의 격정 때문에 그녀에게 남은 것은 단 한 가지뿐이었다. 그것은 나태와 우수가 뒤섞인, 일종의 연약함이었다. 양심은 그녀에게 이렇게 속삭였다.

'너는 오늘 밤 미친 여자처럼 추하고 어리석게 행동했어. 조금 전, 외간 남자가 널 테라스에서 안았다. 그런데 너는 지금도 허리와 팔꿈치 부근에 남은 야릇한 촉감을 느끼면서 즐기고 있지 않아?'

응접실 안에는 아무도 없었다. 단지 촛불만 타오르고 있었다. 루반체프 부인은 무언가를 기다리는 사람처럼 피아노 앞에 있는 등받이 없는 둥근 의자에 꼼짝없이 앉아 있었다. 뿌리치기 힘든 고통스러운 욕망이 극도로 피곤한 그녀의 상태와 어둠을 이용하기라도 하듯, 그녀를 사로잡았다. 그 욕망은 깊은 구덩이 같았다. 욕망은 그녀의 몸과 영혼을 꽁꽁 잡아매고, 점점 더 불어나기 시작했다. 욕망은 이제 그녀를 위협하는 것이 아니라, 그녀 앞에 당당히 모습을 드러내었다.

그녀는 꼼짝도 하지 않은 채, 일리인에 대해 생각하면서 30분 정도 앉아 있었다. 잠시 후, 그녀는 천천히 일어나 침실로 걸어갔다. 안드레이 일리치는 이미 침대에 누워 있었다. 그녀는 열린 창가에 앉아, 끓어오르는 욕망에 몸을 내맡겼다. 그녀의 머릿속에서 이미 '혼란'은 사라지고 없었다. 모든 감정과 이성은 하나의 뚜렷한 목표를 향해서 내달렸다. 그녀는 그것과 싸우려고 했지만, 금세 손을 내저었다. 그녀는 적이 얼마나 강하고 완고한지 분명히 깨달았다. 그 적과 싸우려면, 엄청난 힘과 불굴의 정신이 필요했다. 하지만 그녀의 혈통과 그녀가 받아 온 교육과 그녀가 살아온 삶은 이 싸움에서 이길 만한 힘을 부여해 주지 못했다.

'이런 화냥년. 더러운 년.'

소피야는 자신을 향해 욕설을 퍼부었다.

'너 원래 이것밖에 안 되는 여자였어?'

그녀는 온갖 욕설로 자신을 꾸짖었다. 그녀는 창피하고 굴욕적인 진실을 자신에게 고백한 만큼, 모욕당한 정숙함과 무력감으로 분개했다. 그녀는 자신이 도덕적인 여자가 절대 아니고, 지금까지 타락하지 않은 것은 그럴 구실이 없었기 때문이었다고 스스로 자백했다. 또한 그녀가 벌인 하루 동안의 싸움은 그저 우스운 장난이자 코미디였다고 스스로 고백했다.

'내가 싸웠다고 하자.'

그녀는 생각했다.

'하지만 대체 어떤 싸움을 말하는 것일까? 매춘부들도 몸을 팔기 전에는 자신과 싸우다가 결국 팔려 나가기 마련이지. 그래, 싸우는 건 좋아. 하지만 우유나 버터처럼 하루 만에 모든 것이 썩고 굳어 버렸어. 단 하루 만에 말이야!'

그녀는 자신을 타락시키려는 것이 감정의 유혹이나 일리인의 인격이 아니라, 오직 자기를 기다리고 있는 자신의 본능과 마음이라는 사실을 인정하지 않을 수 없었다. 별장을 오갔던 수없이 많은 방탕한 부인들이 그런 식으로 자신의 정조를 깨뜨렸듯이 말이다.

"마치 어미를 잃은 새끼 새와도 같이……."

누군가가 창밖에서 쉰 목소리로 조용히 노래했다.

'만일 가야 한다면, 그때는 바로 지금이야.'

소피야 페트로브나는 생각했다. 그때부터 그녀의 심장은 마구 뛰기 시작했다.

"안드레이!"

그녀는 거의 외치는 것처럼 남편을 불렀다.

"여보, 우리…… 떠나는 거 맞지요?"

"음……. 혼자 떠나라고 벌써 말했잖아!"

"하지만 여보……."

그녀가 말했다.

"나와 함께 떠나지 않는다면, 당신은 날 영원히 보지 못할 수도 있어요. 사실 나, 지금 사랑에 빠진 것 같아요."

"도대체 누구와?"

안드레이 일리치가 물었다.

"누구와 사랑에 빠졌든, 당신에게는 마찬가지 아닌가요."

소피야 페트로브나가 소리쳤다.

안드레이 일리치는 깜짝 놀라 침대에서 일어났다. 그는 두 다리를 침대 밑으로 늘어뜨리고는 아내의 어두운 얼굴을 쳐다보았다.

"실없는 소리 그만해!"

그는 하품했다.

안드레이는 아내의 말을 믿을 수 없었지만, 한편으로는 놀랐다. 그는 잠시 생각한 뒤, 아내에게 대수롭지 않은 질문을 몇 개 던졌다. 가정에 대해서, 그리고 부정한 일에 대한 자신의 의견을 말했다. 그는 10분쯤 그렇게 느릿느릿 이야기하다가 잠자리에 누워 버렸다. 그의 침묵은 아무 소용이 없었다. 이 세상에는 많은 의견이 있는데, 그중 대부분은 불행을 직접 겪어 보지 않은 사람들의 의견이었다.

늦은 시각이었다. 하지만 창밖에는 여전히 별장 사람들이
돌아다니고 있었다. 소피야 페트로브나는 소매가 없는 가볍
고 긴 코트를 어깨에 걸치고는 잠시 생각에 잠겼다. 그녀에게
는 잠자고 있는 남편에게 이렇게 말할 수 있는 결단력이 남아
있었다.

"당신, 지금 잠이 와요? 나는 산책하러 갈 거예요. 함께 가
지 않을래요?"

그것은 그녀의 마지막 희망의 끈이었다. 그녀는 그의 대답
을 듣지 못한 채 밖으로 나왔다. 기분 좋은 바람이 불고 있었
다. 하지만 그녀는 바람이나 어둠을 느낄 수 없었다. 그녀는
그저 걷고 또 걸었다. 떨쳐 낼 수 없는 힘이 그녀를 앞으로 떠
밀었다. 그녀가 걸음을 멈추기라도 한다면, 그녀의 등을 밀쳐
줄 것만 같았다.

"이런 음탕한 화냥년!"

그녀는 정신없이 중얼거렸다.

"이런 몹쓸 년!"

소피야는 거친 숨을 몰아쉬었다. 그녀는 걷고 있는 발의
감각을 전혀 느끼지 못했다. 그녀를 앞으로 떠미는 것은 그
녀의 수치심, 이성, 공포보다도 더 강한 어떤 알 수 없는 힘이
었다.

체호프 단편선

The Selected Stories of
**Anton Pavlovich
Chekhov**

작품 해설 및 작가 연보

「체호프 단편선」 작품 해설

1. 작가의 생애

러시아를 대표하는 극작가이자 소설가인 안톤 파블로비치 체호프(Anton Pavlovich Chekhov, 1860~1904)는 1860년 1월 29일, 러시아 남부의 항구 도시 타간로크(Taganrog)에서 태어났다. 할아버지는 농노였고, 아버지는 식료품 잡화상이었다. 집안 형편이 넉넉지 않은 탓에 그는 어려서부터 아버지의 일을 도왔고, 1869년에 타간로크의 중등학교에 입학한다. 하지만 아버지의 파산으로 가세는 더욱 기울어진다. 어려운 가정 환경 속에서도 학업에 열중했던 체호프는 1879년 10월, 모스크바 대학 의학부에 입학해 의학 박사 학위를 취득하지만 의사로서는 불과 1년 남짓활동한다. 그는 이미 오래전부터 습작하고 있었다. 작가로서의 꿈을 포기할 수 없었던 그는 신문과 잡지에 단편을 기고한다. 그러면서 대학에서 받은 장학금과 원고료로 가족들을 부양하며 생계를 이어 나간다. 이 무렵 그는 「어느 관리의 죽음」(1883), 「카멜레온」(1884), 「슬픔」(1885) 등 풍자와 해학, 비애가 담긴 여러 편의 단편을 집필하며, 첫 단편집 『멜포메네의 우화』(1884)

를 출판한다. 생계를 위한 글을 써야만 했던 그는 작품성을 고려하기보다는 신문사와 잡지사의 요구에 부응하기 위해 수많은 글을 기계적으로 집필한다. 그러다가 1888년, 단편집 『황혼』으로 푸시킨 상을 수상하며 문단의 주목을 받기 시작한다. 이 무렵 그는 차이콥스키, 고르키 등과 교유하며 러시아 문학계를 대표하는 작가로 급부상한다.

체호프는 단편 소설 외에도 희곡 「이바노프(Ivanov)」(1887), 중편 소설 『대초원(The Steppe)』(1888) 등을 집필하면서 작가로서의 신념을 드러내기 시작한다. 그는 객관주의 문학론의 입장을 견지했다. 그러한 이유로 1890년, 러시아 감옥의 실태를 조사하기 위해 유형지가 있는 사할린 섬으로 떠난다. 그는 당시 폐결핵을 앓고 있었지만, 작가로서의 신념을 지키기 위해 취재하러 떠난 것이다. 이러한 과정을 통해 탄생한 작품이 바로 르포르타주 『사할린 섬(Ostrov Sakhalin)』(1895)이며, 이 작품은 큰 반향을 일으켰다. 하지만 사할린 여행 이후 그의 건강은 악화된다. 이러한 악조건 속에서도 그는 「지루한 이야기(Skuchnaya istoriya)」(1889), 「결투(Duel)」(1892), 「흑의의 사제(Chorny monakh)」(1894), 「귀여운 여인(Dushechka)」(1899), 「개를 데리고 다니는 여인(Dama su sabachikoi)」(1899), 「골짜기에서(V ovrage)」(1899) 등의 소설과 희곡 「갈매기(Chaika)」(1896), 「바냐 아저씨(Dyadya Vanya)」(1897), 「세 자매(Tri sestry)」(1900), 「벚꽃 동산(Vishnyovy sad)」(1903) 등을 집필한다. 1901년에는 예술 극장의 여배우 올가 크니페르와 결혼한다. 그는 투병 중에도 꾸준히 창작 활동을 이어 가지만, 건강이 더욱 악화되어 1899년에 크림반도로 요양을 떠난다. 하지만 결국 폐결핵을 극복하지 못하고 1904년 7월 15일, 44세를 일기로 생을 마감한다.

이렇듯 체호프는 생전에 수백 편의 작품을 남기고 짧은 생을 마감한다. 그는 오늘날 19세기 말 러시아를 대표하는 사실주의 단편 소설의 선구자이자 기 드 모파상, 에드거 앨런 포와 더불어 단편 소설의 대가로 불리고 있다. 톨스토이의 극찬을 받았던 「귀여운 여인」을 비롯해 단편 소설의 거장으로서의 면모를 엿볼 수 있는, 짧지만 강렬한 체호프의 단편들을 차례로 살펴보기로 하자.

2. 작품 내용 살펴보기

1) 「귀여운 여인」

야외극장 지배인 쿠킨은 며칠간 계속되는 궂은 날씨 때문에 공연하지 못해 절망에 빠져 있다. 하지만 비는 그칠 기미를 보이지 않고, 그다음 날에도 계속 내린다. 그러자 쿠킨은 이제는 될 대로 되라는 식으로 분노를 표출한다.

올렌카는 아주 어두운 표정으로 말없이 쿠킨의 넋두리를 들어 주었다. 그때마다 그녀의 눈에는 눈물이 맺혔다. 결국 쿠킨의 불행은 올렌카의 마음을 완전히 사로잡았고, 그녀는 점점 그를 사랑하기 시작했다. 쿠킨은 키가 작고 깡마른 데다가 얼굴은 누런색이었다. 귀밑털을 말끔히 빗어 붙인 그는 목소리가 아주 가냘픈 테너였고, 말할 때마다 입술이 한쪽으로 삐뚤어졌으며, 얼굴에 항상 절망적인 느낌이 감도는 그런 사람이었다. 하지만 그는 그녀의 가슴속에 진지하고 깊은 애정을 불러일으켰다. 올렌카는 늘 누군가를 사랑하지 않은 적이 없었고, 그러지 않고서는 도저히 살아갈 수 없는 그런 여자였다.

올렌카는 절망에 사로잡힌 그를 보며 연민을 느낀다. 그녀의 동정 어린 따뜻한 시선을 느낀 쿠킨은 그녀를 사랑하게 되고, 마침내 두 사람은 결혼하게 된다. 올렌카와 쿠킨은 함께 극장 일을 하며 바쁜 시간을 보낸다.

"하지만 관중이 과연 그 뜻을 이해할까요? 관중이 원하는 건 광대예요! 어제 〈개작 파우스트〉를 상연했는데 자리가 텅 비어 있더군요. 만약 우리가 저속한 연극을 상연했다면 틀림없이 객석이 가득 찼을 텐데! 내일은 〈지옥의 오르페우스〉를 상연하니까 꼭 구경하러 오세요."

올렌카는 극장과 배우에 대해 남편 쿠킨이 말하는 것을 그대로 따라서 되풀이했다. 그녀도 남편처럼 예술에 대한 관중의 무관심과 무지를 경멸했다.

남편을 너무 사랑했던 올렌카는 그의 생각과 행동이 마치 그녀 자신의 것인 양 그대로 따라 한다. 그러던 어느 날, 출장을 갔던 쿠킨이 급사했다는 소식이 전해지고 올렌카는 깊은 슬픔에 잠긴다. 남편의 장례를 치르고 석 달이 지난 뒤, 올렌카는 푸스토발로프라는 목재상을 우연히 만나게 된다. 그를 만난 후 그녀의 머릿속은 온통 그의 생각으로 가득 찬다. 좋은 감정이 싹튼 두 사람은 결혼하게 된다.

"당신은 언제나 집과 사무실만 오가는군요. 가끔 연극을 보거나 서커스를 구경하는 것도 좋을 것 같은데."

친구들이 그녀에게 말했다.

"저나 남편이나 그런 것을 보러 갈 틈이 있어야지요."

올렌카는 차분하게 대답했다.

"우리는 일하는 사람들인걸요. 그런 쓸데없는 것에 신경을 쓸 틈이 전혀 없답니다. 도대체 연극이 왜 좋다는 건지 잘 모르겠네요."

올렌카는 이번에도 남편을 너무도 사랑한 나머지 그의 생각과 모든 행동을 그대로 따라 한다. 작품성 있는 공연을 상연하기 위해 노력했던, 전 남편 쿠킨과 함께했던 기억을 까맣게 잊은 듯 그녀는 과거와는 상반된 모습을 보인다.

푸스토발로프가 모길레프스카야 현으로 목재를 사러 가면, 그녀는 무척 외로워하며 밤에 잠도 자지 않고 울어 대곤 했다. 그럴 때면, 한밤중에 종종 그녀의 집 건넌방에 세를 들어 살던 군 수의관인 스미르닌이 그녀를 찾아오곤 했다. 그는 그녀와 함께 여러 이야기를 나누고, 트럼프 놀이도 함께했다. 올렌카는 그 덕분에 외로운 마음을 달래고 잠시나마 위안을 받았다.

올렌카와 푸스토발로프는 수년간 행복한 결혼 생활을 이어나간다. 그러던 어느 날, 푸스토발로프가 심한 감기에 걸려 결국 죽게 된다. 다시 과부가 된 올렌카는 자신의 처지를 비관하며 절망에 빠진다. 올렌카는 남편이 세상을 떠나고 난 뒤 수개월간 거의 집 안에만 틀어박혀 지낸다. 그런 그녀에게 유일한 위안이 되는 것은 바로 수의관 스미르닌과의 만남이었다. 올렌카와 스미르닌은 서로 마음을 주고받으며 행복한 시간을 보낸다. 그러다가 스미르닌이 자신의 연대와 함께 먼 곳으로 떠나자, 올렌카는 다시 홀로 남겨진다. 그녀는 삶의 의욕을 상실한 채 점점 야위고 늙어 간다. 웃음과 생기, 희망을 잃은 채 죽지 못해 사는 사람처럼 살아간다.

올렌카에게 가장 불행한 점은 자신의 주관 없이 사는 것이었
다. 그녀는 자기 주변에 있는 여러 사물을 보고, 주변에서 일어
나는 모든 일에 대해서 잘 알고 있었다. 하지만 그녀는 그것들
에 대해 자신의 의견을 가지고 있지 않았다. 그녀는 무슨 말을
해야 할지 도무지 알 수 없었다.

올렌카에게 가장 불행한 것은 그녀 자신만의 견해가 없다
는 사실이었다. 그녀는 늘 자신의 주관 없이 그저 사랑하는 사
람의 모든 것을 따라 했다. 그래서 그들이 모두 사라지자 그녀
에게 남은 것은 그녀 자신이라는 빈껍데기뿐이었다.

그러던 어느 날, 먼 곳으로 떠났던 스미르닌이 올렌카를 다
시 찾아온다. 세월이 흘러 그는 이미 머리가 희끗희끗해진 상
태였다. 올렌카는 그를 다시 만나자, 이제껏 잃어버렸던 삶의
활력을 되찾은 듯 행복을 느낀다. 그는 아내와 화해했다며 세
들어 살 집을 구한다고 말하고, 올렌카는 자신의 집으로 당장
들어오라며 기뻐한다. 스미르닌 부부에게는 열 살짜리 아들 사
샤가 있었다. 올렌카는 사샤가 자신의 아들인 것처럼 느껴져
그에게 사랑을 느낀다.

그러면 그녀는 멈춰 서서, 아이가 학교 정문 안으로 사라질 때까지 눈도 깜박이지 않은 채 그대로 지켜보았다. 아! 그녀는 사샤를 얼마나 사랑하고 있는가! 지난날 그녀가 사랑했던 그 누구에게도 이처럼 깊은 애정을 느껴 본 적이 없었다. 그녀의 모성애는 날이 갈수록 뜨겁게 불타올랐다. 그녀의 마음은 이처럼 헌신적인 애정 속에 빠져든 적이 단 한 번도 없었다. 그녀는 커다란 학생모를 쓰고 보조개가 팬 이 소년에게 사랑의 기쁨과 눈물, 그리고 목숨까지 기꺼이 바칠 각오가 되어 있었다. 이렇게 된 이유가 뭐냐고? 그것이 무엇인지 누가 알 수 있을까.

　　사샤를 만난 올렌카는 지금껏 느끼지 못했던 또 다른 사랑을 느끼고, 사샤의 말과 생각을 그대로 따라 하며 그녀만의 방식으로 사랑의 감정을 표출한다. 이렇듯 사랑 없이는 살 수 없었던 올렌카는 사샤에게 모성애를 느끼며 삶의 의지를 되찾게 되고, 그를 위해서라면 모든 것을 헌신할 각오를 하게 된다. 동정심에서 시작된 쿠킨과의 사랑, 그리고 푸스토발로프, 스미르닌에게서 느꼈던 에로스적 사랑은 사샤를 만난 이후 모성애로 바뀐다.

　　남편과 사별한 지 얼마 되지 않아 수차례 새로운 사랑을 갈구하는 올렌카의 행동은 부도덕하며 방탕하다고 지탄받을 여지가 충분하다. 사랑 없이는 어떠한 삶의 의지도, 견해도, 주체

성도 가질 수 없었던 그녀는 수동적이고 순종적인 여인이었다. 그녀의 마음속에 차고 넘치던 사랑은 마침내 숭고하고 헌신적인 모성애로 변모한다. 체호프는 이러한 올렌카의 사랑을 비난하는 듯했으나 작품 마지막에서 결국 모성애로 귀결시키며, 그녀가 갈망한 것은 단지 육욕적인 사랑만은 아니라는 듯한 연민의 시선을 보내고 있다.

2) 「어느 관리의 죽음」

어느 날 저녁, 하급 관리인 체르뱌코프는 극장에서 오페라를 관람하며 행복한 시간을 보낸다. 그러다가 갑자기 재채기가 나와 그의 앞에 앉아 있던 대머리 상관에게 침이 튀게 된다. 다행히 그는 체르뱌코프의 직속상관은 아니었다. 그는 괜찮다고 말하지만, 소심하고 나약한 심성을 지닌 체르뱌코프는 그 일로 계속 신경을 쓰며 불안해한다. 체르뱌코프는 극장에서도 거듭 상관에게 사과한다. 하지만 반복되는 그의 행동에 짜증이 난 상관은 불쾌하다는 기색을 보인다.

체르뱌코프는 이러한 상관의 태도를 보며, 그가 분명 자신에게 화가 났다고 느낀다. 그는 다음 날 상관을 찾아가 어제 있었던 일에 대해 정식으로 사과한다. 바쁜 업무에 시달리던 상관은 그가 수차례 사과를 반복하자, 그가 자신을 조롱하는 듯한 기분을 느낀다. 결국 상관은 그에게 썩 꺼져 버리라며 불같이 화를 낸다.

체르뱌코프의 배 속에서 무언가가 터져 나온 듯했다. 그는 아무것도 보이지 않았고, 아무것도 들리지 않았다. 그는 문으로 뒷걸음질을 쳤다. 그러고 나서 그는 거리로 나와 터벅터벅 걸었다. 마치 기계같이 집으로 돌아온 그는 관복을 벗지도 않은 채 침대에 누웠다. 그러고 나서…… 죽어 버렸다.

이 작품은 체르뱌코프가 '죽어 버렸다.'는 문장으로 마무리된다. 그가 왜 죽음을 선택했는지는 그간 그의 행동을 통해 짐작이 가능하지만, 죽어 버렸다는 한 문장으로 매듭지어진 사건의 결말은 독자들에게 다소 허무함을 안겨 준다.

세상에는 수많은 사람이 각기 다른 모습으로 존재하기에 우리는 그들 모두를 이해할 수 없다. 고의는 아닐지라도 누군가에게 실수를 저지르면, 크든 작든 죄책감에 시달리는 것이 인간의 보편적인 심리다. 하지만 그러한 죄책감 때문에 죽음이라는 극단적인 선택을 한 체르뱌코프의 행동은 보통 사람들의 일반적인 상식에서 벗어난 것이다. 누구도 예상치 못한 결말을 통해 체호프 특유의 반전을 엿볼 수 있는 작품이다.

3)「쉿!」

신문에 글을 기고하며 근근이 생계를 유지해 나가는 삼류 작가 크라스누힌은 어느 늦은 밤 심각한 표정으로 집에 돌아와 자조 섞인 한탄을 늘어놓는다.

"이젠 지쳤어. 정말 넌더리가 나. 가슴이 쓰리고 답답해. 그런데도 넌 나에게 가만히 앉아서 쓰기만 하란 소리야? 이게 내 현실이라고? 우울한데도 사람들을 웃겨야 하는, 아니면 즐거운데도 의뢰받은 원고 때문에 할 수 없이 독자를 눈물 쏟게 해야 하는 작가의 고통스러운 부조화에 대해, 왜 아무도 쓰지 않는 거지? 예를 들면 말이야. 몸이 아프거나 자식이 죽었다거나 아내가 출산 중일 때도 나는 왜 장난스러워야 하고, 무심한 척 냉정해야 하며, 익살스러워야 한단 말이야?"

(…)

"나쟈, 난 이제 앉아서 글을 쓸 거야……. 아무도 날 방해하지 못하게 도와 줘. 아이들이 떼를 쓰면서 울거나 하녀가 코를 골면 난 도저히 글을 쓸 수 없는 상태가 된다고……. 차와 비프스테이크가 있는지 좀 알아봐……. 난 차가 없으면 글을 쓸 수 없다는 걸 당신도 잘 알잖아……. 차뿐이라고, 차밖에 없어…….

내 원고 작업에 도움이 되는 건⋯⋯."

(⋯)

"잠을 못 잘 정도로 나는 완전히 녹초가 되었어⋯⋯."

그는 침대에 누우며 말한다.

"우리의 일이란 건 정말 보답 없이 피곤하고 저주받은 것이
지. 몸보다 정신을 더욱 지치게 만들거든⋯⋯. 브롬화칼륨(신
경 안정제)이라도 먹어야겠어⋯⋯. 가족만 아니라면 이 일을 당
장에 집어치우고 싶어⋯⋯. 원고 의뢰에 맞추어 글을 쓰는 일은
정말 지긋지긋해!"

그는 정오나 1시까지 잠을 잔다. 아주 깊고 깊은 잠을 잔
다⋯⋯. 아, 그는 잠 속에서 꿈꾸면서 유명한 작가나 편집장이나
발행인이 되어 본다.

가스 냄새, 물을 달라는 어린 아들의 목소리, 옆방 하숙생이
기도하는 소리, 심지어 자신이 쓰고 있는 펜이 삐걱거리는 소
리까지, 이 모든 것은 그에게 글을 쓰는 데 있어 방해 요소로 작
용한다. 집중력을 발휘해서 글쓰기를 끝낸 크라스누힌은 가족
만 아니면 다 집어치우고 싶을 만큼 정신적으로 예민해지고 괴
로운 상태에서 잠이 든다.

크라스누힌은 마감 날짜에 쫓기며 생계 수단으로 글을 쓴다는 사실을 견딜 수 없었을 뿐, 작가로서 글을 쓰는 일 자체를 싫어했던 것은 아니다. 그는 다만 안정적인 환경에서 자신의 재능을 십분 발휘할 수 있도록 창작에 몰두하고 싶었을 뿐이다. 그의 소망을 실현시킬 수 있는 곳은 단 하나, 바로 꿈속이다. 그는 꿈속에서나마 정신적 안정을 찾고 유명 작가나 편집장, 혹은 발행인이 되어 자신의 재능을 마음껏 펼치고 싶어 한다. 체호프는 작품 말미에서 그가 이러한 꿈을 꿀 때면 어떤 무엇도, 누구도 소리를 내어서는 안 된다고 덧붙이고 있다. 실제로 체호프는 어려운 집안 형편 때문에 잡지에 수많은 글을 기고하며 가족들의 생계를 책임지는 가장 역할을 했다. 즉, 이 소설은 체호프의 실제 경험이 반영된 작품으로서, 생계 수단으로 글을 쓰며 살아가는 작가의 현실적 고뇌가 잘 드러나 있다.

4) 「자고 싶다」

열세 살의 어린 유모인 바리카는 요람을 흔들며 아기를 재우고 있다. 하지만 그녀는 너무 졸린 나머지 거의 반수면 상태에 접어든다. 수술 시기를 놓쳐 안타깝게 세상을 떠난 아버지에 대한 꿈을 꾸며 잠깐 잠이 들었을 무렵, 구두 수선공인 집주인이 달려와 그녀의 뒤통수를 때리며 욕을 퍼붓는다. 정신을 차린 그녀는 다시 요람을 흔들며 자장가를 불러 우는 아기를 재우기 시작한다. 그러자 그녀의 눈앞에 포장도로와 등짐을 진 행인들, 어머니의 환영이 보인다. 그녀는 너무도 자고 싶어 한다.

그러다가 그녀는 페치카에 불을 붙이고 사모바르에 물을 끓이고 심부름을 다녀와 청소를 하라는 집주인의 목소리를 듣고는 선잠에서 깨어난다. 그녀는 온갖 집안일을 다 마친 뒤 다시 요람 앞에서 자장가를 부르며 아기를 재운다. 그녀는 문득 자신이 편하게 잘 수 없는 이유가 무엇 때문인지 깨닫게 된다. 바로 지금, 자신의 눈앞에 있는 아기 때문인 것이다. 그녀는 손을 뻗쳐 아기를 질식시킨 뒤 만족스러운 미소를 지으며 깊은 잠에 빠져든다. 마침내 잠과의 사투를 끝낸 그녀는 자고 싶은 육체적 고통에서 벗어날 수 있게 된 것이다.

어린 나이에 남의 집에서 더부살이했던 소녀는 인간의 최소한의 기본 욕구마저도 보장될 수 없는 가혹한 현실에 압도되어 결국 끔찍한 일을 저지르고 만다. 그녀에게는 죄책감 따위를 느낄 여유가 없었다. 그녀는 다만 잠을 자고 싶었을 뿐이다. 그 누구의 간섭이나 방해가 없는 평화롭고 깊은 잠을. 가혹한 현실의 희생양이 된 소녀에게 동정과 연민의 시선을 보내야 할지, 아니면 그럼에도 명백히 끔찍한 범죄를 저지른 그녀에게 비난의 화살을 퍼부어야 할지 독자들은 다소 혼란스러울 것이다.

5) 「진창」

소콜스키라는 젊은 중위는 양조장 여주인인 수산나를 만나기 위해 그녀를 찾아간다. 결혼을 앞두고 있던 그는 사촌 형인 크류코프의 부탁이자 자신의 결혼 자금을 마련하기 위해, 그녀의 아버지가 사촌 형에게 갚지 않았던 대금을 받으러 간 것이다. 하지만 수산나는 그의 결혼에 대해 부정적인 태도를 보이며 장황한 말들을 늘어놓음으로써 소콜스키를 혼란스럽게 만든다. 그는 처음에는 그녀를 이상하게 바라보지만, 시간이 흐름에 따라 그녀의 묘한 매력에 이끌리게 된다. 돈을 주려고 하지 않는 수산나와 몸싸움을 벌인 소콜스키는 그녀에게서 돈을 받을 때까지 이 집에서 나가지 않겠다고 말하고, 그녀는 자신에게는 그게 오히려 더 좋은 일이라며 그를 유혹한다.

한편, 크류코프는 동생이 돈을 받지 못하고 수산나의 유혹에 넘어가 하룻밤을 보내고 오자, 화를 내며 자신이 직접 돈을 받아 오겠다고 호언장담한다. 하지만 크류코프 역시 소콜스키처럼 다음 날 아침이 되어서야 빈손으로 집으로 돌아온다. 그는 실성한 사람처럼 연신 웃으면서 수산나의 거부할 수 없는 매력에 빠졌다고 고백한다. 그렇게 소콜스키와 크류코프는 두 사람만의 비밀을 공유한다.

며칠 후, 크류코프는 소콜스키의 결혼 자금 5,000루블을 건네주며 이곳을 떠나라고 권한다. 아내도 아이들도 모두 지겹고 일상이 따분했던 크류코프는 자신도 모르게 수산나의 집으로 향한다. 그곳에는 이미 크류코프도 잘 알고 있던 여러 명의 남자가 와 있는 상태였다. 놀라운 사실은 떠난 줄로만 알았던 사촌 동생 소콜스키가 그 자리에 있었다는 점이다. 크류코프는 자신 역시 수산나의 유혹을 이기지 못한 처지였기에 그에게 어떤 말도 하지 못한다. 그는 조용히 그 집에서 나와 발길을 돌린다.

이 작품에 등장하는 수산나의 저택은 인간의 성적 본능과 허영이 점철된 '진창'과 같은 소굴이다. 유명 인사와 점잖은 신사도, 매력을 넘어 마력을 지닌 여자 앞에서 본능을 억제하지 못하고 굴복하게 된다. 이미 결혼할 사람이 있었던 소콜스키는 수산나에게 마지막 인사를 하기 위해 들렀다고는 하지만, 그가 어떤 선택을 할지는 누구도 알 수 없다. 다만 가정이 있는 크류코프는 정신을 차리고 발길을 돌려 집으로 향한다. 하지만 그가 그 후로 다시 그 '진창'을 찾지 않는다고 확신할 수는 없다. 체호프는 이 작품을 통해 인간 본연에 내재된 욕망과 속물적 근성을 보여 준다. 또한 명백한 결론을 내리지 않음으로써 독자들에게 생각의 여지를 준다.

6) 「입맞춤」

어느 날, 폰 라베크라는 퇴역 장군이 부대의 장교들을 자신의 집으로 초대해 차를 대접한다. 모든 장교는 그의 초대를 귀찮아하며 투덜거린다. 낯선 장소에 도착한 부대원들은 몹시 어색해하고, 모두 겨우 인사를 나눈 뒤 자리에 앉는다. 그중에서 가장 어색한 사람은 키가 작고 등이 굽은 랴보비치였다. 그는 안경을 끼고 살쾡이 같은 구레나룻을 지닌 소심한 사내였다. 그는 다른 장교들이 여인들과 어울려 춤추는 모습을 그저 물끄러미 바라보기만 한다. 왜소한 체격과 형편없는 외모 탓에 자격지심을 가지고 있었던 그는 여자와 춤추어 본 경험이 없었다. 여자들과 어울리는 자리가 불편했던 그는 방을 나와 다른 곳으로 향하다가 길을 잘못 들어서게 된다. 어두컴컴한 방에서 희미한 불빛이 새어 나오고 향기가 풍긴다. 무의식적으로 이끌린 그는 그 방으로 들어간다. 그러자 갑자기 한 여인이 다가와 그의 목에 팔을 두르며 입맞춤한다. 깜짝 놀란 두 사람은 금세 떨어지며 그 자리에서 벗어난다. 미지의 여인과 입맞춤한 이후, 랴보비치는 이 저택이 마음에 들기 시작한다.

랴보비치는 부대로 복귀한 후에도 미지의 여인과의 입맞춤을 잊지 못하고 사랑에 빠진 사람처럼 행동한다. 그러다가 문득 이 모든 게 한낱 우연이며, 미지의 여인은 자신을 다른 남자로 착각하고 입맞춤한 것에 불과하다는 사실을 깨닫게 된다.

다시는 그녀를 볼 수 없다는 것도 말이다. 그러자 그는 그동안의 모든 환상이 깨지면서 자신의 처지가 초라하게 느껴진다. 어리석어 보일 만큼 순수한 젊은 장교가 미지의 여인과 우연히 입맞춤한 사건을 다룬 이 소설은 풋풋한 사랑에 대한 애잔한 심리 묘사와 서정성이 돋보이는 작품이다.

7) 「불행」

아름다운 20대 여성인 소피야는 이미 결혼해서 남편과 자식이 있다. 그럼에도 오래전부터 그녀에게 호감을 느낀, 이웃에 사는 변호사 일리인은 그녀에게 끊임없이 구애한다. 그는 소피야의 입장을 존중하는 마음으로 그녀의 곁을 떠나기 위해 이미 다섯 번이나 이사했지만, 그녀를 향한 마음을 단념하지 못하고 다시 돌아온 상태였다. 소피야는 유부녀라는 자신의 처지 때문에 일리인과 거리를 두려고 하지만, 다정다감하고 무엇보다 그녀를 너무도 사랑하는 그의 마음을 잘 알고 있었기에 그녀 역시 그를 사랑하게 된다. 두 사람은 숲속에서 밀회를 즐기며 사랑을 이어 나간다. 하지만 가정이 있는 몸으로 다른 남자를 사랑한 소피야는 죄책감을 느끼고, 다시 가정으로 돌아오기 위해 노력한다. 그녀는 아내이자 어머니의 역할을 다하기 위해 혼란스러운 상태에서 벗어나고자 남편 안드레이에게 이사를 가든지 여행을 떠나자고 제안한다. 하지만 안드레이는 바쁜 업무와

경제적 여건을 이유로 아내에게 혼자 여행을 떠나라고 말한다. 무심한 남편에게 지친 소피야는 자신을 아끼고 사랑해 주는 일리인과 함께할 것을 다짐하며 한밤중에 집을 나선다.

남편 외에는 절대 다른 남자를 사랑해서는 안 되는 처지였지만 또 다른 사랑을 거부할 수 없었던 것, 그리고 다시 가정에 충실하고자 노력했지만 혼란스러운 그녀의 마음을 보듬어 주지 않았던 남편의 무관심이 바로 소피야의 '불행'이었던 것이다. 사랑에 이끌릴 수밖에 없는 인간의 본능, 그리고 인간 내면에 존재하는 부도덕성과 일탈의 심리를 체호프 특유의 간결하고 담담한 필체로 그려 낸 작품이다.

3. 마치며

러시아의 대문호인 투르게네프, 도스토옙스키, 톨스토이로 이어지는 사실주의 문학의 전통을 계승한 체호프는 단편 소설의 선구자로서 자리매김했다. 오늘날 그는 프랑스의 기 드 모파상과 더불어 현대 단편 소설의 전형을 확립한 작가로 평가되고 있다.

체호프는 앞서 언급한 일곱 편의 단편들을 통해 인간의 본성과 현실을 가감 없이 보여 주고 있다. 사랑 없이는 한순간도 살 수 없었던 「귀여운 여인」의 올렌카의 측은지심은 에로스적 사랑과 모성애로 변모된다. 「어느 관리의 죽음」에서는 사소한 일에도 병적인 죄책감을 느끼는 소심한 회계원을 통해 인간의 나약한 심리 상태를 표현하고 있다. 「쉿!」의 삼류 작가는 생계를 위한 수단으로 마감 날짜에 쫓겨 가며 글을 쓰지만, 여의치 않은 주변 상황 탓에 괴로워한다. 「자고 싶다」에 나타난 소녀의 강렬한 수면 욕구는 살인까지 저지르는 섬뜩한 힘으로 발현된다. 「진창」에서는 인간의 잠재된 욕망과 속물성을 다루고 있고, 「입맞춤」에서는 어느 날 우연히 여자와 입맞춤한 뒤 황홀경에 빠진, 지금껏 한 번도 여자를 만나 본 적이 없는 소심한 젊은 장교의 심리 상태를 생동감 있게 묘사하고 있다. 인간이 지닌 부도덕성과 일탈의 심리는 「불행」에서 여실히 드러난다.

체호프의 작품에는 고위 관리를 비롯한 여러 계층의 인사들이 등장하지만, 대부분 주인공은 우리 주변에서 흔히 볼 수 있는 평범한 이웃들이다. 우리의 삶과 마찬가지로 체호프 작품 속의 주인공들은 울고 웃으며, 현실에 좌절하기도 하고 이를 이겨 내기도 한다. 이렇듯 『체호프 단편선』은 인간의 보편적인 삶을 보여 주는 리얼리즘적 요소들, 웃음과 눈물이 교차되는 해학성, 현실과 이상의 괴리에서 비롯된 체념과 극복, 인간사의 허무함 등을 작품 곳곳에 배치하며 체호프 특유의 담담하면서도 예리한 필치로 그려 내고 있다. 그 과정에서 예기치 못한 사건이 벌어지기도 한다. 이는 감당할 수 없는 결과로 이어지기도 하고, 지극히 허무한 결론으로 마무리되기도 한다. 이처럼 체호프의 작품은 평범한 사람들의 평범한 이야기를 따라가며 공감하던 독자들에게 뜻하지 않은 반전을 보여 주기도 한다. 이 책에 엄선된 체호프의 단편들은 독자들에게 결코 낯설지 않은 짜릿함을 선사할 것이다.

작가 연보

1860년 러시아 남부의 항구 도시 타간로크에서 출생. 식료품 잡화상인 파벨과 예브게니야 사이에서 셋째 아들로 태어남.

1869년 타간로크의 중등학교에 입학.

1873년 타간로크 극장에서 오펜바흐의 오페레타 〈아름다운 엘레나〉를 감상함. 이후 종종 극장에 가서 공연을 보며 극작가의 꿈을 꾸기 시작함.

1876년 아버지 파벨의 가게가 파산해 일가족이 모스크바로 이주함. 체호프만 타간로크에 홀로 남아 가정 교사를 하면서 힘겹게 생계를 유지해 나감. 훗날 발표한 「어수룩한 사람」과 「가정 교사」는 이때의 경험이 담겨 있는 작품임.

1879년 모스크바 대학 의학부에 입학함. 이때부터 가족의 생계를 책임지기 위해 신문, 잡지 등에 글을 기고함.

1881년 「환자 없는 의사」, 「내 형의 아우」, 「쓸개 빠진 남자」 등의 유머 단편을 다양한 필명을 사용하며 다양한 잡지에 발표함.

1882년 이때부터 5년간 300편이 넘는 단편을 유머 주간지인 〈단편들〉에 발표함.

1884년 의사 자격을 얻고, 모스크바 대학 의학부를 졸업함. 모스크바 근교에 병원을 개업해 시골 마을이나 소도시에 왕진을 다님. 그러면서 젊고 유명한 예술가 및 문학가와 다양한 친교를 맺음. 12월에 처음으로 각혈해 폐결핵 진단을 받음.

1885년 원로 작가인 그리고로비치를 만남. 그에게서 '자신의 재능을 낭비하지 말라.'는 충고를 담은 편지를 받고 나서, 깊은 감동을 받음.

1886년 단편 「추도식」을 필명이 아닌 '안톤 체호프'라는 본명으로 발표함. 이때부터 문학적으로 큰 진전을 이루기 시작함.

1887년 4막극인 「이바노프」와 단편 「적」, 「베로치카」, 「티푸스」, 「입맞춤」 등을 발표함.

1888년 단편집 『황혼』으로 푸시킨 상을 받음.

1889년 페테르부르크 알렉산드르 극장에서 「이바노프」를 초연함. 둘째 형 니콜라이가 결핵으로 숨지자, 염세적인 세계관을 보이기 시작함. 과거의 희극 소설과 결별한 뒤 「지루한 이야기」 등을 발표함.

1890년 사할린을 시작으로 동중국해, 인도양, 수에즈 운하, 오데샤를 경유해 모스크바에 도착하는 매우 긴 여행을 함.

1891년 비엔나, 베니스, 로마, 나폴리, 몬테카를로, 파리 등 유럽 여행을 함. 중편 소설 「결투」 완성.

1893년 「사할린 섬」 연재. 「큰 발로쟈와 작은 발로쟈」 발표.

1894년 「대학생」, 「문학 선생」, 「검은 수사」 등을 발표.

1895년 11월에 희곡 「갈매기」 탈고.

1896년 12월에 알렉산드르 극장에서 「갈매기」 초연.

1897년 결핵이 악화되어 입원함. 「바냐 아저씨」 발표.

1899년 요양 중에 고리키와 톨스토이의 방문을 받음. 모스크바 예술 극장에서 「갈매기」가 상연됨. 「개를 데리고 다니는 여인」 발표.

1900년 러시아 학술원 명예 회원이 됨.

1901년 올가 크니페르와 결혼.

1903년 늑막염 발생. 「벚꽃 동산」 완성.

1904년 1월에 모스크바 예술 극장에서 「벚꽃 동산」을 초연함. 6월에 아내와 요양 차 독일 바덴바덴으로 떠남. 그곳에서 세상을 떠남. 시신은 러시아로 옮겨져 노보데비치 수도원에 안장됨.

생각뿔 | 세계문학 미니북 클라우드 라이브러리

거장의 숨소리를 만나는 특별한 여행

022 | 수레바퀴 아래서 × 헤르만 헤세 Herman Hesse
- 1946년 노벨 문학상 수상 작가 • 서울대학교 선정 '고전 200선'

023 | 프랑켄슈타인 × 메리 셸리 Mary Shelley
- 〈옵서버〉 선정 '가장 위대한 소설 100권'
- 〈뉴스위크〉 선정 '세계 100대 명저'

024 | 사양 × 다자이 오사무 Dazai Osamu
- 다자이 오사무 최고의 베스트셀러

025 | 탈무드 × 유대인 랍비들 Jewish Rabbis
- 5,000년 유대인 지혜의 책

026 | 싯다르타 × 헤르만 헤세 Herman Hesse
- 1946년 노벨 문학상 수상 작가

027 | 햄릿 × 윌리엄 셰익스피어 William Shakespeare
- 미국 대학위원회 SAT 추천 도서 • 〈뉴스위크〉 선정 '세계 100대 명저'
- 서울대학교 선정 '권장 도서 100선' • 국립중앙도서관 선정 '청소년 권장 도서'

028 | 인형의 집 × 헨리크 입센 Henrik Ibsen
- 2001년 자필 원고 유네스코 세계기록유산 지정

029 030 031 | 안나 카레니나 1~3 × 레프 톨스토이 Leo Nikolayevich Tolstoy
- 〈옵서버〉 선정 '인류 역사상 가장 훌륭한 책' • BBC 선정 '반드시 읽어야 할 고전'
- 〈뉴스위크〉 선정 '세계 100대 명저' • 서울대학교 선정 '권장 도서 100선'

*** | 마담 보바리 1~2 × 귀스타브 플로베르 Gustave Flaubert
- 미국 대학위원회 SAT 추천 도서 • 〈동아일보〉 선정 '우리나라 명사들의 추천 도서'

*** | 체호프 단편선 × 안톤 체호프 Anton Pavlovich Chekhov
- 노벨 연구소 선정 '세계 문학 100대 작품'
- 1888년 푸시킨상 수상 작가

*** | 도리언 그레이의 초상 1~2 × 오스카 와일드 Oscar Wilde
- 미국 대학위원회 SAT 추천 도서
- 〈동아일보〉 선정 '우리나라 명사들의 추천 도서'

*** | 로미오와 줄리엣 × 윌리엄 셰익스피어 William Shakespeare
- 미국 대학위원회 SAT 추천 도서
- 서울대학교 선정 '동서 고전 200선'

*** | 에드거 앨런 포 단편선 × 에드거 앨런 포 Edgar Allan Poe
- 미국 대학위원회 SAT 추천 도서 • 노벨 연구소 선정 '세계 문학 100대 작품'

*** | 예언자 × 칼릴 지브란 Kahlil Gibran
- 성경 다음으로 많이 읽힌 책

*** | 적과 흑 1~2 × 스탕달 Stendhal
- 국립중앙도서관 선정 '청소년 권장 도서'

*** | 폭풍의 언덕 × 에밀리 브론테 Emily Bronte
- 미국 대학위원회 SAT 추천 도서 • BBC 선정 '반드시 읽어야 할 고전'
- 〈옵서버〉 선정 '인류 역사상 가장 훌륭한 책'
- 국립중앙도서관 선정 '청소년 권장 도서'

*** | 독일인의 사랑 × 프리드리히 막스 뮐러 Friedrich Max Müller
- 한국출판문화산업진흥원 선정 '대학 신입생 추천 도서'

*** | 이상한 나라의 앨리스 × 루이스 캐럴 Lewis Carroll
- BBC 선정 '영국인이 즐겨 읽은 책 100선' • 영국 최고 아동 도서 50선

*** | 두 도시 이야기 × 찰스 디킨스 Charles John Huffam Dickens
- 미국 대학위원회 SAT 추천 도서 • 미국 하버드대학교 선정 '신입생 추천 도서'

*** | 오페라의 유령 × 가스통 르루 Gaston Leroux
- 세계 4대 뮤지컬인 〈오페라의 유령〉 원작

*** | 월든 × 헨리 데이비드 소로 Henry David Thoreau
• 미국 대학위원회 SAT 추천 도서

*** | 킬리만자로의 눈 × 어니스트 헤밍웨이 Ernest Hemingway
• 1954년 노벨 문학상 수상 작가

*** | 오즈의 마법사 × 라이먼 프랭크 바움 L. Frank Baum
• 미국 대학위원회 SAT 추천 도서
• 연세대학교 선정 '필독 도서'

*** | 레 미제라블 1~5 × 빅토르 위고 Victor Marie Hugo
• 세계 4대 뮤지컬인 〈레 미제라블〉 원작   • WTO 북클럽 추천 도서

*** | 파우스트 1~2 × 요한 볼프강 폰 괴테 Johann Wolfgang von Goethe
• 미국 대학위원회 SAT 추천 도서   • 서울대학교 선정 '권장 도서 100선'
• 국립중앙도서관 선정 '청소년 권장 도서'

*** | 바냐 아저씨 × 안톤 체호프 Anton Pavlovich Chekhov
• 서울대학교 선정 '동서 고전 100선'

*** | 바람이 분다 × 호리 다쓰오 Tatsuo Hori
• 애니메이션 〈바람이 분다〉 원작

*** | 세 가지 질문 × 레프 니콜라예비치 톨스토이 Leo Nikolayevich Tolstoy
• 영어권 문학가들이 뽑은 '가장 좋아하는 작가'

*** | 맥베스 × 윌리엄 셰익스피어 William Shakespeare
• 미국 대학위원회 SAT 추천 도서
• 서울대학교 선정 '권장 도서 100선'
• 연세대학교 선정 '필독 도서 200선'
• 국립중앙도서관 선정 '청소년 권장 도서'

*** | 외투 · 코 × 니콜라이 바실리예비치 고골 Nikolai Vasilievich Gogol
• 러시아 단편 소설의 모태가 된 작품

*** | **리어왕** × **윌리엄 셰익스피어** William Shakespeare
- 미국 대학위원회 SAT 추천 도서
- 〈뉴스위크〉 선정 '세계 100대 명저'
- 〈가디언〉 선정 '권장 도서'

*** | **좁은 문** × **앙드레 지드** Andr-Paul-Guillaume Gide
- 1947년 노벨 문학상 수상 작가

*** | **벚꽃 동산** × **안톤 체호프** Anton Pavlovich Chekhov
- 세계 3대 단편 소설 작가의 극작품 • 1888년 푸시킨상 수상 작가

*** | **벤자민 버튼의 시간은 거꾸로 간다** × **F. 스콧 피츠제럴드** Francis Scott Key Fitzgerald
- 영화 〈벤자민 버튼의 시간은 거꾸로 간다〉 원작

*** | **눈의 여왕** × **한스 크리스티안 안데르센** Hans Christian Andersen
- 노벨 연구소 선정 '세계 문학 100대 작품' • 세계를 움직인 100권의 책

*** | **개를 데리고 다니는 여인** × **안톤 체호프** Anton Pavlovich Chekhov
- 노벨 연구소 선정 '세계 문학 100대 작품' • 서울대학교 선정 '고전 200선'
- 1888년 푸시킨상 수상 작가

*** | **이솝 이야기** × **이솝** Aesop
- 서울 독서교육연구회 권장 도서 • 어린이 독서위원회 권장 도서

*** | **무기여 잘 있거라** × **어니스트 헤밍웨이** Ernest Hemingway
- 1954년 노벨 문학상 수상 작가

*** | **네 개의 서명** × **아서 코난 도일** Arthur Conan Doyle
- BBC 드라마 〈셜록〉 원작

*** | **배스커빌가의 개** × **아서 코난 도일** Arthur Conan Doyle
- BBC 드라마 〈셜록〉 원작

*** | 야간 비행 × 앙투안 드 생텍쥐페리 Antoine Marie Roger De Saint Exupery
- 1931년 페미나 문학상 수상 작가

*** | 톰 소여의 모험 × 마크 트웨인 Mark Twain
- 1876년 출간 이후 절판된 적이 없는 스테디셀러

*** | 포로기 × 오오카 쇼헤이 Shohei Ooka
- 제1회 요코미쓰 리이치상 수상 작가

*** | 인공호흡 × 리카르도 피글리아 Ricardo Piglia
- 1997년 플라네타상 수상 작가
- 아르헨티나 작가 선정 '아르헨티나 역사상 가장 위대한 10대 소설'

*** | 정글북 × 조지프 러디어드 키플링 Joseph Rudyard Kipling
- 1907년 노벨 문학상 최연소 수상 작가
- 애니메이션, 영화 〈정글북〉 원작

*** | 신곡—연옥 × 단테 알리기에리 Alighieri Dante
- 미국 대학위원회 SAT 추천 도서
- 〈뉴스위크〉 선정 '세계 100대 명저'
- 서울대학교 선정 '권장 도서 100선'
- 국립중앙도서관 선정 '고전 100선'

*** | 황금 물고기 × J.M.G. 르 클레지오 Jean-Marie-Gustave Le Clezio
- 2008년 노벨 문학상 수상 작가

*** | 판탈레온과 특별봉사대 × 마리오 바르가스 요사 Mario Vargas Llosa
- 〈포린 폴리시〉 선정 '가장 영향력 있는 지식인 100인'
- 1994년 세르반테스상 수상 작가

*** | 잠자는 숲속의 공주 × 샤를 페로 Charles Perrault
- 애니메이션 〈잠자는 숲속의 공주〉 원작

*** | **나귀 가죽 × 오노레 드 발자크** Honore de Balzac
- 작가의 '철학 연구'의 첫 번째 자리에 배치된 작품

*** | **노예 12년 × 솔로몬 노섭** Solomon Northup
- 영화 〈노예 12년〉 원작

*** | **둔황 × 이노우에 야스시** Yasushi Inoue
- 1960년 제1회 마이니치예술대상 수상작
- 1976년 일본 문화 훈장 수상 작가

*** | **어느 어릿광대의 견해 × 하인리히 뵐** Heinrich Boll
- 1972년 노벨 문학상 수상 작가

*** | **웃는 남자 1~3 × 빅토르 위고** Victor Marie Hugo
- 영화, 뮤지컬 〈웃는 남자〉 원작
- 한국간행물윤리위원회 선정 '청소년 권장 도서'

*** | **휴먼 스테인 × 필립 로스** Philip Roth
- 1997년 퓰리처상 소설 부문 수상 작가

*** | **바보들을 위한 학교 × 사샤 소콜로프** Sasha Sokolov
- 1996년 푸시킨 메달 수상 작가

*** | **톰 아저씨의 오두막 1~2 × 해리엇 비처 스토** Harriet Beecher Stowe
- 미국 최초의 밀리언셀러 소설

*** | **아버지와 아들 × 이반 세르게예비치 뚜르게네프** Ivan Sergeevich Turgenev
- 미국 대학위원회 SAT 추천 도서
- 서울대학교 선정 '동서 고전 200선'
- 우리나라 문인이 가장 선호하는 '세계 문학 100선'

*** | **베니스의 상인 × 윌리엄 셰익스피어** William Shakespeare
- BBC 선정 '지난 1,000년간 최고의 문학가' 1위

생각뿔 세계문학 미니북 클라우드 라이브러리는 계속 출간됩니다.
*** 근간 목록은 발간 순에 따라 변경될 수 있습니다.

옮긴이 | 이재호

연세대학교를 졸업했다. 출판사에서 다년간 외서 기획자 및 편집장으로 일했다. 현재는 단행본 편집과 번역 업무를 병행하고 있다. 옮긴 책으로는 『인형의 집』, 『프랑켄슈타인』 등이 있다.

해설 | 엄인정

국민대학교 국어국문학과를 졸업하고 동 대학원에서 국어교육학을 전공했다. 현재 단행본 편집과 영한 번역 업무를 병행하며 프리랜서로 활동 중이다. 옮긴 책으로는 『데미안』, 『톨스토이 단편선』, 『오만과 편견』, 『카프카 단편선』, 『그리스인 조르바』 등이 있다.

체호프 단편선

1판 1쇄 발행 2019년 2월 15일

지은이 안톤 파블로비치 체호프
옮긴이 이재호
해설 엄인정
펴낸이 생각부성이
편집 김영하, 안주영, 임수현
디자인 생각을 머금은 유니콘
마케팅 김사랑

발행처 생각뿔
주소 서울시 서초구 반포동 66-1 코렐빌딩 102호
등록번호 제233-94-00104호
전화 02-536-3295
팩스 02-536-3296
커뮤니티 www.facebook.com/tubook2018 (페이스북)
e-mail tubook@naver.com
ISBN 979-11-89503-49-9(04800)
         979-11-964400-8-4(세트)

생각뿔은 '생각(Thinking)'과 '뿔(Unicorn)'의 합성어입니다.
신화 속 유니콘의 신성함과 메마르지 않는 창의성을 추구합니다.